シーア
トーガ
マルコシアス

ジーン・ビブリオス
ナオ・トゥエンティ

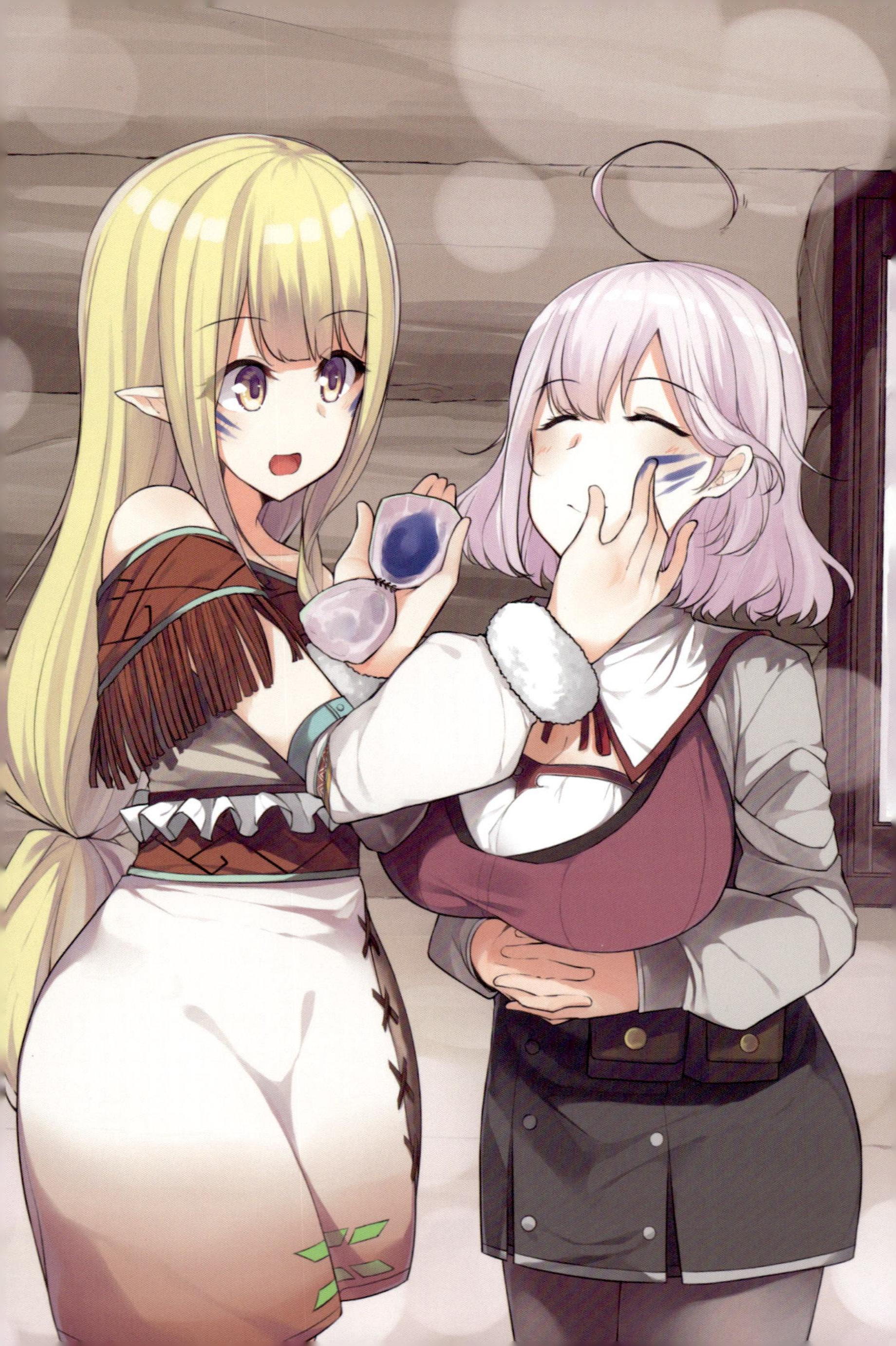

追放賢者ジーンの、知識チート開拓記

あけちともあき

ぶんか社

C O N T E N T S

プロローグ　～賢者ジーン～ ………………… 003

第一章　追放の賢者ジーン、
あるいは魔狼を手懐ける者 …… 011
旅は道連れ／ここをキャンプ地とする／モンスター調査／遭遇、ワイルドエルフ／ゴブリンの襲撃／ワイルドエルフの村へ／魔狼の話／痕跡調査／進め魔狼調査隊／悪魔にインタビュー

第二章　開拓の賢者ジーン、
あるいは魔境に住まう者 ……… 064
開拓の始まり／森奥の岩窟へ／火をかけろ／畑作りと精霊魔法／仕上げと冒険者／尋問／労使交渉／建築開始

第三章　報告の賢者ジーン、
あるいは狙われる者 ………………… 108
王都へ／賄賂要求への回答／話の分かるロネス男爵／謁見カウントダウン／報告／襲撃と備え／賢者たち

第四章　帰還の賢者ジーン、
あるいは魔境を治める者 ……… 146
追跡者／旅程／再び森へ／神の像の話／かつて森に来た神／神像作りと開拓進捗／見送りと魔術師／エルフの長の話

第五章　調査の賢者ジーン、
あるいは何かに備える者 ……… 191
調査／岩窟の壁画／神像増産計画？／襲撃とそれに対する用意

第六章　辺境の賢者ジーン、
あるいは神を殺す者 ………………… 216
神降臨と分析／準備万端／神を解析せよ／印はここだ／伝説の更新

エピローグ　～新たな芽吹き～ …………… 250

プロローグ　～賢者ジーン～

「一級賢者ジーン。本日を以《もっ》て貴公《きこう》の任を解く」

謁見《えっけん》の間に響き渡る声。

セントロー王国の賢者であった私は、今その職を失った。

「続けて、ジーン。貴公をこれより騎士爵《きししゃく》に任ずる。与える領地は、北方辺境のスピーシ大森林」

謁見の間にざわめきが満ちた。

スピーシ大森林。

冗談ではないぞ。

それは何も無い、まさに辺境の辺境、世界の果てではないか。

「くくっ」

私の耳に笑い声が聞こえた。

視線だけで声を追うと、そこには一人の貴族がいる。

クレイグ・バウスフィールド伯爵《はくしゃく》。

私の腹違いの弟だ。

私は身分卑《いや》しい蛮族《ばんぞく》の母を持つということで、伯爵家の正妻によって家を追い出された。

父の計らいで、王国が誇る学問の城、賢者の塔へと入ることができた。

バウスフィールド家への恨みはあったが、父の顔を立て、私は勉学に励んだのだ。

だが、十年前、その父が死んだ。

跡を継いだのは、弟のクレイグ。

私を家から追い出した正妻の息子だ。

そんな彼が、笑った。

つまりこれは、クレイグと奴の母である前伯爵夫人による企みということになるのではないか？

「ジーン騎士爵」

声が響く。

国王、ツナダイン三世の前に立つ、大臣カツオーンのものだ。

私に返答を求めている。

「謹《つつし》んで……拝命《はいめい》します」

そう答えるより他はない。

謁見の間で伝えられるのは、決定事項なのだ。

ざわめきが満ちる。

「かわいそうに、スピーシ大森林など人も住めぬ魔境ではないか」

「おぞましいワイルドエルフが住むと言うぞ」

「まるで国外追放ではないの」

「一体何をしたのだか」

「賢者ジーンと言えば、〝手乗り図書館〟のジーンだろう」

「ホムンクルスを人に変えたという、あのジーンか！」

「稀代《きだい》の賢者を追放するなど……。王は何をお考えに」

「しっ、聞かれたら貴君まで追放されるぞ」

私の耳は、ざわめきを聞き逃さない。

そうだ。

この場に集まった貴族たちが呟《つぶや》く通り、これは異常事態なのだ。

どこかの馬鹿が企てた陰謀で、私はこの国から追放されようとしている。

「では、行くが良いジーン騎士爵。都度《つど》ごとに、開拓の状況を報告するように」

「かしこまりました」

私は立ち上がり、一礼した後その場を立ち去った。

最後に、クレイグとすれ違う。

「せいぜい、人外魔境で生きながらえられると良いな、兄上」

この馬鹿めが。

私は謁見の間を後にした。

▼▼▼

一級賢者ジーン。

それが私だ。

バウスフィールド伯爵家の長男である。

母は魔族と呼ばれる種族の一つ、シャドウ族。

旅芸人であった母と、父であるバウスフィールド伯爵が結ばれ、私が生まれた。

人と魔の混血であろうと、嫡男《ちゃくなん》である。

それがたとえ、褐色《かっしょく》の肌に金色の目をした、異相であってもだ。

次代の伯爵として教育されたが、それを継母《ままはは》であるカーリーは良く思っていなかった。

やがてカーリーも男子を産み、純血の人間である弟クレイグが、次なる伯爵と決まった。

私の立場は無くなった。

父は私に愛情を抱いていたのだろう。

居場所が無くなった私に、賢者の塔という行き先を用意してくれた。

私は賢者の塔で、学問に勤《いそ》しむことになる。

幸い、頭の回転は悪くなかったようで、私は賢者としてそれなりの地位を得ることができた。

魔族の血もあって、魔法分野における才能も私には与えられていた。

それをやっかむ者や、魔族という血そのものを忌《い》み嫌う者もいたが。

そして私は、賢者として研究を続ける中、全く新しい魔法、手乗り図書館を生み出したのだ。

これは賢者の塔始まって以来の大発明だと騒がれたが、現状、私にしか使いこなせないことが判明すると、賞賛の声は嫉妬に変わった。

賢者の塔としても、手乗り図書館は活用しようが無い魔法だったのだろう。

私の研究に対し、彼らは興味を失っていった。

だからこそ、今回のような国外追放じみた左遷《させん》の話に、誰も私をかばおうとはしなかったのだ。

「やれやれ、まるで強盗でも入った跡のようだな」

私は賢者の塔に帰り、己の研究室を見て呆《あき》れてしまった。

本棚は空になり、ベッドも枕もナイフで切り刻まれ、あらゆる引き出しは開け放たれて中身を辺りに散らばらせている。

私が賢者としての役職を失ったことを聞き、他の賢者たちが押しかけたのだろう。

私が集めた本も、積み上げた研究成果も、そこには無かった。

それらは賢者の塔のものであり、そこに勤める賢者たちのものだ。

私はこの国での居場所を奪われ、積み上げてきたものさえも奪われた。

「こうなってみれば、手乗り図書館が私にしか使えないというのは、僥倖《ぎょうこう》だったな」

私が魔力を込めると、手のひらの上にぼんやりと、小さな白い建物が現れる。

手乗り図書館。

私が集めたあらゆる知識が、この中に詰まっている。

「持っていくものも何も無いな。身一つで旅立つとするか」

長く暮らした研究室に別れを告げ、私は賢者の塔を発《た》つのだった。

△△△

支度金《したくきん》を用いて馬車を買う。

開拓に必要そうな道具を買い、馬の飼料《しりょう》なども詰め込む。

人を雇おうとしたが、スピーシ大森林の開拓などという事業に、参加したがる者はいなかった。

命知らずの冒険者であっても同様だ。

「何から何まで、一人でやる他ないか」

全てが悪い方向に悪い方向に転がり、むしろせいせいした気分だった。

すっかり何もかも失ってしまった。

付いて来る者もいない。

「見ていろ、王国の馬鹿者どもめ。私がやられるばかりだと思うなよ」

馬車の中から、私は賢者の塔と、王城を睨《にら》んだ。

そして、馬を走らせ始めた時だ。

車輪が石畳を噛《か》み、荷馬車が大きく揺れた。

「ひゃん！」

荷台からそんな声がしたではないか。

「!?　誰かね」

私は振り返った。

荷台には、決して多くない私の私物と、開拓用の道具、そして飼葉《かいば》が積まれている。

誰かが隠れる所など、どこにも……。

いやいやいや。

飼葉を掻《か》き分けてみる。

すると、その中から白い顔が現れた。

「!?」

「えへへ」

白い顔が照れ笑いをする。

私はこの顔を知っていた。

「先輩、一人で行こうとしていたでしょう。わたし、先輩が心配でついてきちゃいました」

飼葉の中から這《は》い出して来る、色素が薄い肌と、ピンク色の髪。

アーティファクトである眼鏡の奥には、赤い瞳があった。

「賢者見習い、ナオ・トゥエンティ。先輩の辺境開拓任務に同行します！」

私の前で膝立ちになった彼女は、そう言って笑顔を見せたのだった。

第一章　追放の賢者ジーン、あるいは魔狼を手懐ける者

旅は道連れ

「なぜ君が同行を……？」

私は戸惑った。

一人で辺境開拓の任に就くことになるだろうと、思った矢先である。

それが、思わぬ同行者がいる。

「もちろん、先輩が心配だからです！　それに、先輩はわたしの命の恩人ですから」

この元ホムンクルスの娘は、なぜか私を先輩と呼ぶ。

「命の恩人……。私は君の命を救ったことは無かったように思うが？」

「助けてくれたじゃないですか！　わたし、ホムンクルスのままだったら、一年くらいしか生きていられなかったんですから！」

ああ、そうか。

私の手乗り図書館は、未知の知識を吐き出すことがたまにある。

ナオは、手乗り図書館から得られた知識を使い、私が作り変えた存在なのだ。

「おかげでわたし、こうして賢者見習いですけど、人間と同じように暮らせるようになったんです。魔法だって使えるようになったんですよ。ぜんぶ先輩のおかげです！」

「いや、それほどのことはしていない」

「してます!! なので、わたしはいつか、先輩をお助けしたいって思ってたんです！　その時が今なんです！　お助けします！」

「近ぃ近ぃ……！」

ナオに迫られて、私はたじたじだ。

「スピーシ大森林は危険だぞ。命を落とす可能性もある。それでも付いて来るか、ナオ」

「当たり前です。もともと先輩から与えられた命ですから。それを先輩のために使って、何がおかしいんですか」

「君の命は君だけのものだと思うが？」

「ホムンクルスの命は、それを作った賢者のものです！　だから、命をわたしのものにしてくれた先輩のために、私が命を使うのは正しいんです！」

「口が上手《うま》くなったな……」

「えへへ、それほどでも」

結局私は彼女に押し切られる形で、同行を認めることになった。

だが、悪い気はしない。

一人では無くなったからだ。

騎士爵となった私は、使用人を雇う権利を与えられていたので、ナオはその範疇《はんちゅう》として扱える。

さしずめ、彼女は私の最初の家臣《かしん》というところだろう。

こうして、私と彼女の旅が始まった。

□□□

スピーシ大森林までの道のりは、遠い。

遠いが険しくはない。

北の国境まで行けば、その外側全てがスピーシ大森林だからだ。

旅は平坦《へいたん》なものではなかったが、およそ二週間ほどかけて無事に国境線まで辿《たど》り着いた。

「見渡す限り、緑色ですね」

眼鏡の奥で、ナオが目を見開いている。

彼女の瞳の上には魔法の輝きが宿り、視力を強化しているのが分かる。

ホムンクルスである彼女は、人間よりもずっと魔法的な存在だ。

意識するだけで魔法を行使することができる。

「ああ。スピーシ大森林とは、即《すなわ》ちセントロー王国北部辺境全てを指す呼び名だ。これを開拓しろと、国は私に言っているわけだな」

「むちゃくちゃな……」

「そう、無茶《むちゃ》なのだよ。そして誰も開拓に成功した者はいない。故に、君以外に私の任務に付き合おうという者がいなかったのだ」

「でも、今はわたしがいますもんね」

「そうだな」

明るくて、根拠の無い自信に満ちたナオ。一緒にいると元気づけられるではないか。

そして、彼女の自信の根拠は、私が用意できる。

「まずは川を目指そう。過去に大森林へと挑んだ、第二十三調査隊の記録によれば……」

手乗り図書館を呼び出す。

そこには、私が記録させた資料が映し出されている。

「馬の足で一日。つまり、馬車であれば三日で到着する。水場は必ず必要になるものだ。その地を確保してから、開拓に移るぞ」

「はい！」

「これまでおよそ三十回に及ぶ調査隊が残した記録が、全て手乗り図書館に記してある。さらに、このユグドラシア大陸で現在確認されている動植物、鉱物の記録もある。何か見つけたならば、私に即時報告を行ってくれ」

「はい！　さすが先輩です！」

手乗り図書館とは、私の研究室と王国図書館をまるごと持ち歩くようなものだ。

人類の常識の範囲でなら、分からないことは何も無い。

私は手乗り図書館を常時展開しながら、森へと侵入した。

大森林の外側を馬車で走りつつ、流れ出している川を探す。

第二十三調査隊が、リターンと名付けた川は、森から出て森の中に戻って行っているという。

そしてその周囲は開けており、馬車が通れるほどのスペースが空いているのだ。

「ふむふむ……」

ナオが眉間にしわを寄せ、手乗り図書館が映し出す記録を読んでいる。

簡単な絵が書いてあるが、どうも現実の地形がそれとは違う。

「おかしいですね。全然川が見えてこないです」

「ああ。そろそろ見えてきてもいいはずだが。……いや、待て」

私は馬車を停めた。

地面に降りて、森の木々を眺める。

「記録と比較すると、森の形が変化している。第二十三調査隊の頃よりも、森が前進しているのではないか？」

「あっ、そうかもです!!　ええと、記録があてにならないなら、どうしたら……」

「ナオ、水を探知する魔法《ディテクトウォーター》は使えるか？」

「あ、はい！　一瞬だけしか効果はありませんから、怪しい所で使うしかないんですけど」

「だったら、ここが怪しい。見ろ、森がここだけ出っ張っている。森から出て、森に戻って行く川を覆い隠すとしたら、こういう形になると思わないか？」

「確かに……！　やってみますね。詠唱短縮。水探知魔法《ディテクトウォーター》」

ナオが目を閉じると、彼女の周囲で目に見える魔力が生まれた。

まるで波紋のようなそれは、ふわりと広がっていく。

「……！　ありました！　出っ張った森の中です！」

「よし！」

行動を開始する。

馬は置いて行き、私とナオで木々の間に踏み込んで行くのだ。

まるで壁のようにみっしりと生《お》い茂った木々と繁《しげ》み。

これを鉈《なた》で払いながら進むと、先から水音が聞こえ始めた。

見えたのは、木々に守られるように流れる川の姿。

「水です！」

「ああ。どうやらこの辺りだけ木の密度が濃いようだ。川の流れに合わせて、森が広がっていくのかもしれない。馬車が通れるように伐採《ばっさい》するぞ」

私は荷物から、石の人形を取り出した。

これは、ストーンゴーレム。

キーワードを唱えることで、人間サイズまで巨大化し、一定時間単純作業をさせることができるのだ。

「ゴーレムよ。〝汝《なんじ》に命を与える〟」

地面に放り投げられた人形が、足から着地する。

そして、みるみる大きくなった。

「負けませんよ！　ゴーレム、〝汝に命を与える〟！」

ナオが呼び出したのは、土の人形だ。

クレイゴーレムであろう。

パワーではストーンゴーレムに劣るが、繊細な仕事が可能になる。

「……石の方が良かったかな」

ちょっと考え込むナオ。

「いや、これでいい。私に任せてくれ。力仕事のストーンゴーレムと、繊細な作業のクレイ。組み合わせて仕事をさせるぞ」

ここをキャンプ地とする

ストーンゴーレムが斧《おの》を振るう。

人間の数倍に及ぶ力で叩きつけられた斧は、幹に深い傷をつける。

このまま切らせていると、木は半ばからへし折れ、でたらめな方向に倒れてしまうことだろう。

それを、ある程度まで進行したところでクレイゴーレムに代わらせる。

力は弱いが、繊細な斧使いにより、木が倒れる方向をコントロールするのだ。

「川の上に倒れては困る。今回は森の外に向かって倒れるようコントロールする」

「なるほど！　クレイが頑張ってる間に、ストーンが別の木を切るんですね！」

「そういうことだ。ストーンゴーレムだけなら、仕上げを我々がやらねばならなかったところだ」

「力仕事ですか！　わたし、結構力があるんですよ！」

ナオが腕まくりしてみせた。

色素が薄い二の腕は、触ってみるとぷにぷにしている。

力こぶもできてないぞ。

「うはは、先輩触ったらくすぐったいです……!!」

「力が無さそうに見える。私の方が力が強いだろう」

「そんなことないですよ！　腕相撲しましょうよ！　わたしの力がすごいって分からせてあげます！」

そのようなわけで、作業進捗《しんちょく》の合間にナオと腕相撲をすることになってしまった。

△△△

「負けたあー」

「……驚くほど弱かった」

三戦して、三回とも私が一気に押し切った。

私は魔族の血が混じっているため、並の人間よりも腕力がある。

だが、それにしてもナオは腕相撲が弱い。

スーパーベビー級である。

「君には重いものは持たせないようにするからな」

「大丈夫！　大丈夫ですからー！」

ナオの大丈夫は疑ってかかることにしよう。

腕相撲をしている間に、邪魔な分の木々は切り倒されたようだった。

勝負の合間合間で、私がゴーレムに指示を出していたからだが。

ちょうど、馬車が通れるくらいの隙間が出来上がった。

「ゴーレムよ、〝汝から命を奪う〟」

ゴーレム二体を縮小し、荷物に放り込んだ。

未だに力こぶを作りながらぶつぶつ言っているナオを荷台に乗せて馬車を走らせる。

川沿いは、ちょうど馬車が通れるくらいの広さだった。

上流から流れて来たらしい小石が多くあり、ガタガタと車体が揺れる。

「小石があるということは、この川は氾濫《はんらん》することがあるのだろう」

「そうなんですか？」

「見てみたまえ。小石が丸くなっている。これは川の水で上流から運ばれる際、石同士がぶつかり合って角が削り取られた証拠だ。そして川べりに散らばる石は、水が増量した時に運ばれ、嵩《かさ》が減った後に取り残されたのだろう」

「へえー、なるほどです！　じゃあ、この小石があるところは危ないっていうことですか？」

「ああ。スピーシ大森林では何が起こるか分からない。キャンプを張るなら、小石が無くなる境目が良いだろう」

途中で、丁度良いスペースを発見した。

太い木がへし折られた跡のようであり、木の根だけが露出している所だった。

「ここがいいだろう。ここをキャンプ地とする」

「はい！　テント張りますね！　あ、草も生えてる！　良かったねえ、ゴンドワナー」

ナオが馬を撫《な》でた。

「……ゴンドワナ？」

「馬の名前です！　可愛《かわい》いですよね、ゴンドワナ」

「可愛い、という名前ではないような……あ、行ってしまった」

荷物を取りに、ナオは馬車に戻ってしまった。

ゴンドワナは私を見て、ぶるるっと鼻息を噴き出す。

どうやら、ナオの名付けに異論は無いようだ。

「お前がいいなら、それでいいか。さて……。その間に、ここを調べねばな」

過去の調査隊の記録と照らし合わせる。

それによると、ここには確かに大木が立っていたようだ。

だが、今は枯れた根しか残っていない。

今に至るまでの間で、何かがあったのだ。

「根の枯れ方からして……そう遠い過去ではないな」

僅《わず》かに残った幹の残骸は、ここで何があったのかを教えてくれる。

「木が枯死して折れたのではないな。これは、生木《なまき》をへし折られたのだろう」

指先が触れても、幹が凹《へこ》まない。

柔らかくなりきっていないのだ。

つまり、腐食してから時が浅い。

「これだけの木を力任せに折る、何者かがいるということか。手乗り図書館、呼び出しを掛ける。状況と照らし合わせ、同様の状況を作り出せるモンスターを選定」

私の手のひらから現れた図書館が、白い光を放つ。

そしてすぐさま、何パターンかのモンスターの絵が提示された。

「オウルベア、ダイアウルフ、アーマーボアか」

フクロウに似た頭を持つ巨大な熊、オウルベア。

混沌《こんとん》の力を得て変異した巨大な狼、ダイアウルフ。

毛皮が固まり鎧《よろい》となった巨大な猪、アーマーボア。

どれも、国外では有名なモンスターばかり。

木をへし折った何者かは、これらのどれかか、あるいは近しい存在であろう。

「確定させるには情報が不足しているか。キャンプがてら、調査を続けるとしよう」

ひとりごちてから、思わず笑ってしまった。

「いかんな。私の仕事は開拓だった。それなのに調査に熱を上げるとは、学者気分が抜けていないな」

「先輩、何を一人でぶつぶつ言っているんです？　わたしはここですよう」

テントを抱えて、ナオがやって来た。

それなりの大きさがある資材のはずだが、スーパーベビー級の腕力しか無いはずのナオが抱えている。

……本当に思った以上に力があるのだろうか。

謎だ。

その後、私とナオでテントを立て、スピーシ大森林開拓のための第一の拠点としたのだった。

モンスター調査

「先輩、何してるんですか？」

「ああ。木がへし折られた跡でな。犯人であるモンスターを絞り込んでいる」

私が根の辺りで地面をほじくり返していると、興味を抱いたらしいナオがテントから出て来た。

「そんなの調べて何になるんですか？」

「この跡地は、第二十七調査隊の資料によれば、大人二人で抱えるほどの太さの木であったようだ。これを折るだけの力を持ったモンスターといえば、気になるだろう。恐らく、この森の生態系でも上位に位置する存在だ」

「あ、確かに。森で一番恐ろしいモンスターっていうことになるかもしれませんね！　わたしもやります！」

ナオが小さいスコップを取り出す。

園芸用ではないか。

だが、彼女の手を借りれば作業は一・二倍ほどの速度で進むだろう。

「頼む」

「任されました！」

二人でさくさくと、地面をほじくる。

「先輩、何をさがしたらいいんですか？」

「具体的には獣毛だ。これだけの強さで木を折ったのだ。根や、それに付着した土にモンスターの毛が貼り付いている可能性が高いだろう。毛が一本でも見つかれば、その性質から手乗り図書館で照会ができる」

「分かりました！　毛〜、毛、でろー」

二人でどれほど、大木の跡地を耕したであろうか。

私は小さな熊手を使っていたのだが、その先端にゴワゴワとした太い繊維質《せんいしつ》が絡み付いたのだ。

「取れたぞ！」

「ほんとですか⁉　うわっ、くちゃーい！」

ナオが鼻をつまんだ。

確かに、臭い。

長い間土の中にあった獣毛は、腐敗《ふはい》を始めているようだった。

これをピンセットでつまみ、手乗り図書館にかざす。

「サンプルを提示する。該当するモンスターを検索」

手乗り図書館が、ピカピカと光った。

やがて、一匹のモンスターが選択される。

「ダイアウルフに酷似、か。狼に属するモンスターがこれをやったということだな」

「狼ですか。狼って、本で読んだ知識では、群れる動物だったと思いますけれど、もしかしてこんな大きなモンスターが群れで……？」

「いや、群れでこれだけの強力なモンスターがいては、生態系が崩れてしまうだろう。それに、この木の他は折られていないようだ」

「？　じゃあ、狼のモンスターは一匹だけだったとして、どうしてこの木を折ったんでしょうか」

「ここが、第二十七調査隊のキャンプ地だったからだろう。モンスターが狼系だと分かった以上、答えは簡単だ。人間の臭いが付いていたからだ」

「へえ……。それって……わたしたちもまずいんじゃないんですか？」

「まずいだろうな。第二十七調査隊から歳月が経過しているが、かのモンスターが生きていた場合、我々の臭いを追ってやって来ると考えて間違いあるまい」

「……先輩、それを分かっててここでキャンプを？」

「ああ。どれだけのモンスターかは分からないが、種類さえ分かれば対応の方法が分かる」

「対応方法？　こんな木をへし折るくらい、力が強いモンスターに……？　先輩、モンスターを退治できるような魔法を使えましたっけ」

「私は探査、調査系魔法のみしか使用できない。しかし、狼系のモンスターを近寄らせないためなら魔法など必要ないぞ」

　荷物を探る。

　取り出したのは、瓶《びん》詰めになった木片である。

「それ、なんです？」

「こんなこともあろうかと、スメリアの香木《こうぼく》を、特製のオイルで精製した強力なアロマを用意していたのだ。今は密封されているが、この封を取れば……」

　蓋《ふた》を外すと、強烈な香りが溢《あふ》れ出す。

「うわーっ！」

ナオが鼻をつまんで転倒した。

「鼻が！　わたしの鼻がーっ！　せ、先輩ひろい《ひどい》！　ホムンクルシュの鼻は敏感なろり《なのに》ーっ!!」

「分かったか？　これは、ダイアウルフすら嫌がって近づかない、強力な香りを発生させる。効果はおよそ一週間ほどだろう。それまでに、対象となるモンスターを発見し、脅威《きょうい》を排除するのだ。さもなくば、我々がモンスターの胃袋に収まってしまうこととなるだろう」

「そ、それは困りまふね……」

鼻を赤くして、立ち上がるナオ。

転んだせいで、服がドロドロだ。

「ナオ、テントで着替えて来るように。その衣服は川で洗濯をし、干しておくんだ」

「あ、はあい。先輩、覗《のぞ》いちゃダメですからね！」

ナオは素直に、テントに戻って行った。

私はアロマを持って、テントの周囲を歩き回る。

強力な香りを、たっぷりとこの辺りに付けるためだ。

まずはテントの周り。

そして少し離れた土手を歩き、さらに小石が散らばる川原へ。

「こんなところだろう」

「先輩!!　なんで!!　本当に覗かないんですかっ!!」

テントから、ナオの怒声が響いた。

「？　どうした、ナオ」

「どうしたもこうしたもありません！　わたしが読んだ本では、男性は覗くなと言われたら覗きたくなるもののはずです！」

「覗くなと言われたら覗くわけがあるまい」

「うーっ！　だーかーらーっ！　先輩はロマンとか、そういうものが無さ過ぎるんです！　もう少し、感情を持ったホムンクルスに夢を見させてください!!」

難しいことを言う。

私にどうしろと言うのだ？

ナオは、ただでさえ薄桃色をした肌を真っ赤にして、ぷりぷりと怒りながら、川へ洗濯に行ってしまった。

そうだ。

安全に洗濯やトイレも済ませられるよう、川べりにもアロマを撒《ま》いておかねばな。

遭遇、ワイルドエルフ

夜中、テントの周囲に仕掛けておいた魔道具が反応した。

侵入者を感知して音を鳴らす猿のぬいぐるみである。

手にしたシンバルが、シャンシャン打ち鳴らされる。

「しまった！」

「なんだこれ!?」

慌てる声が聞こえた。

これは、エルフ語か。

幸い、いつかこんなこともあろうかと、私はエルフ語の会話と読み書きをマスターしている。

私は寝袋のまま起き上がった。

これは、私が外注して作らせた、着たまま動ける寝袋である。

「落ち着きたまえ」

私が姿を現したので、テントの外にいた彼らは一様に緊張したようだった。

「妙な臭いがすると思って来てみれば、な、なんだお前は！」

「人間じゃなかったの!?　こんなモンスター見たことがないよ！」

そこにいたのは、二人のエルフ……ワイルドエルフである。

通常のエルフ種は、半ば人と交わりながら暮らしている。

ワイルドエルフとは、人と交流せず、昔から変わらない文化を守りながら生活する古いエルフ種だ。

彼らは顔に、染料で迷彩を施し、全身も毛皮を木々や草の色に染めていた。

手にした武器は、弓矢と手槍《てやり》であろうか。

どれも、刃の部分は鋭く研がれた石でできている。

「私は人間だ。これは寝袋。落ち着きたまえ諸君」

「ネブクロ……!?　それに、お前は人間と言うが、その肌色に目の色。闇族ではないのか？」

私がエルフ語を話したことで、彼らの警戒心は少しだけ薄らいだようである。

「私は半分だけ、君たちが言う闇族、シャドウの血が混じっている。今寝袋を脱ごう。待っていたまえ」

私が寝袋のボタンを外し、脱ぎ捨てていくと、ワイルドエルフたちから「おお」「本当に脱げたよ」と驚きの声が漏れた。

別に、私が寝袋を纏《まと》った姿の生物だと思っていたわけではあるまい。

これほどボリュームがある衣装が、簡単に脱げてしまったことに驚いたのだ。

「自己紹介をさせてもらっても？」

「自ら名乗るか。良かろう、名乗れ」

「私はジーン。このスピーシ大森林を開拓し、領地とせよとの命を受け、セントロー王国からやって来た者だ」

「領地……。人間が、土地を己のものにするという言葉だな？　土地は誰のものでもない。偉大なる祖霊《それい》が守ってきたものだ。それを、祖霊ならぬ身が所有するなど、傲慢《ごうまん》に過ぎる」

ワイルドエルフから返ってきたのは、実に彼ららしい言葉だった。

「ああ。そのことについて、君たちとも話し合いが必要だろう。どうだろう、立って話すのもなんだ。こちらから食料を出すから、座って話さないか？」

二人のワイルドエルフは、戸惑いを見せた。

まさか、侵入者にお茶しよう、と誘われるなどとは思ってもいなかったのだろう。

二人は視線を交わし合い、唇を薄く開いて、そこから小鳥のさえずりのような音を立てた。

口笛で会話しているのか。

興味深い。

この会話ならば、法則を知らない者に理解することは不可能だろう。

私はこの知見を、手乗り図書館に記録した。

「⁉　なんだ、それは」

突然現れた手乗り図書館に、驚くワイルドエルフ。

「これは、私が作った本のようなものだ。見聞きしたことを、これに記録する」

「……語り部《べ》、みたいなものか。人間は分からん。そして、このことは我らの部族に報告する。お前が人であれば、ここで排除するところだった。だがお前は人ではない。闇族をどうするかは、部族の判断を待たねばならない」

おや。

どうやら魔族のシャドウとワイルドエルフは、悪い関係ではないらしい。

そして、今までの調査隊が失敗したのは、ワイルドエルフによって殺されたパターンも多そうだ。

「ほわー……。先輩、外で独り言ですか？　だめですよ、独り言をする暇があったらわたしとお喋《しゃべ》りしてください」

「また出て来た！」

「精霊力が働いていない！　人間ではないよ！」

テントから顔を出したナオを見て、ワイルドエルフたちが慌てた。

「彼女はホムンクルスのナオ。我々人間が魔法によって作り出した存在だ。君たちの言葉で言うならば、精霊力で呼び出した妖精となるだろうか」

「ほう……ふうーむ……」

「兄さん、このことも部族に報告しないと……」

兄弟……いや、片方は声が高いな。

兄妹であろうか。

「ほえー？　お客さんですか？」

「まさか、侵入者が二名とも人間ではないとは……。これは我らでは判断できぬ。いいか、二人とも。この地で待っていろ。明日には戻る！」

「兄さん、早く離れようよ！　ここ、臭くて無理！」

妹の方は今まで我慢していたようだが、ついに限界が来たらしい。

鼻をつまんで、真っ先に駆け出して行く。

「おい待て、シーア！　ええい、仕方ないやつだ。まだあの魔狼がうろついているかもしれぬというのに！　いいかお前たち！　ここで待っていろ！　逃げるのではないぞ!!　シーア！　待て！　待てと言うのに!!」

行ってしまった。

闇の中、二人のエルフが木々を駆け上がり、枝を伝って走って行くのが見える。

シャドウ族の血を引く私は、闇を見通す目を持っているのだ。

彼らがどこに向かって行くのかも、はっきりと分かる。

「あの方角がワイルドエルフの集落というわけか」

「せんぱーい。まだ夜遅いじゃないですかあ。寝ましょうよう」

半分夢の中といった様子のナオが、大あくびをする。

そうだな。

ワイルドエルフはすぐに戻っては来るまい。

我々は睡眠を取り、明日に備えるとしよう。

ゴブリンの襲撃

朝になり、今日中にワイルドエルフからの使いが来るであろうと考える。

だが、我々の仕事は調査ではない。

開拓なのである。

暇があるうちに、少しでも仕事を進めておかねばならない。

「真面目ですねえ、先輩」

「不本意な仕事だが、この内容自体は面白い。未知のものを調査し、知識を己のものとしていくことだ。私の趣味にマッチする」

「さすがですね先輩！　だから賢者の皆さん、『あいつ休まずに勉強し続けるからキモい』って言ってたんですね！」

「私はそんな陰口を叩かれていたのか。しかし、仮にも賢者の地位を得ながら、研鑽《けんさん》を怠るとは。賢者の塔には未来が無いな」

「皆さん、研究の発表会に先輩が来ると、研究成果全部記録されるって怖がってましたからね！

先輩、変装したり会場に忍び込んだりして、ひたすら知識を集めてましたよね」

「それが賢者の仕事なのだ。分かるか、ナオ」

「そうだったんですね……!!」

分かってもらえたようで嬉しい。

私は朝食代わりの木の実を齧《かじ》りつつ、昨日の調査を再開する。

本日探るのは、モンスターが残したフンである。

大部分は既に分解されているだろうが、モンスターが食べた獲物の毛や骨などが残っている可能性がある。

「先輩、わたしはどうしましょう？」

「ふむ。君の専門分野は建築だったか？」

「はい。建築と魔道具、錬金術ですね」

「では、近隣の木々を調査してくれ。開拓の折には、これらの木材で家を造ることになる」

「分かりました！　お任せください！」

嬉々《きき》として己の調査に向かうナオ。

さて、私も調査を継続するとしよう。


川原を探っていたところで、一つ興味深いものを見つけた。

まだ新しいであろう、我々のものではない排泄物《はいせつぶつ》だ。

「エルフのものか？　いや、それにしては……」

私は専用の道具を用い、排泄物を分解した。

生物の骨片《こっぺん》や、未消化の毛が出てくる。

排泄物のサイズからして、人間大かそれ以下の生物のものだ。

そして、質的には動物のそれではなく、人に近い。

「森に人間が？　いや、毛の生えた表皮ごと食らうならば、それはもっと野生に近い存在のもののはずだ。骨片も残っている。丸呑《まるの》みにしているのか？　ふむ。仮定としては……猿か。あるいは、ゴブリンか」

ゴブリンとは、小型の亜人種《あじん》とされている。

緑色の肌をしており、人間の子供ほどの大きさ。

性格は凶暴で、群れを成して他の知的種族を襲う。

亜人種と言うよりは、モンスターと呼んだ方が分類的には近いのかもしれない。

冒険者が彼らと遭遇することが多く、その生態は徐々に明らかになってきている。

例えば……彼らは夜目が利き、さらに視覚以上に嗅覚を重用する、とか。

私の前方の茂みが音を立てた。

「昨日のワイルドエルフが、ゴブリンを見逃したとは思えない。ということは、ゴブリンは彼らが去った後でこちらにやって来たということだ」

私は荷物を探る。

「そして我々が襲われなかったということは……あのアロマがゴブリンを遠ざけたのだろう……！」

取り出したのは、アロマの素《もと》となる木片が詰まった瓶。

手近な小石を瓶の中に入れシェイクする。そして、すばやくピンセットで摘《つま》み出した。

「ギャッギャアッ！」

私が一人と見てか、ゴブリンが姿を現した。

数は四匹。

手には棍棒《こんぼう》や石を持っている。

私が知るゴブリンと比べて、原始的である。

「来ると思っていたぞ。だが、いつかこんなこともあろうかと、ゴブリンの動きは熟知している」

私はアロマで匂いを付けた小石を握り込む。

その手を前に突き出すと、ゴブリンたちの顔が歪《ゆが》んだ。

「ギャアッ⁉」

やはり、強烈な匂いが苦手なのだ。

野生動物やモンスターは、強い匂いによって退《しりぞ》けることができる。

だが、ゴブリンはある程度の知性を持ち、退けたとしても学習して襲って来るから厄介《やっかい》なのである。

そして彼らが知的生物であるというところに、人間との根深い断絶がある。

ゴブリンの文化は、利用と復讐《ふくしゅう》である。

それらを重んじる彼らの価値観は、我々人間社会と相容《あいい》れない。

アロマによって退けられたことに彼らは恨みを抱き、何度でも襲って来るであろう。

握りしめた小石を、取り出した布に包む。

他に小石を詰めて重しとし、これを振り回す。

「ギャ、ギャアッ！」

振り撒かれる強烈な匂いに、ゴブリンが後退《あとずさ》る。

無論、私が陣取るのは風上である。

強烈な匂いがどんどん流れて行く。

匂いに敏感なゴブリンは、涙や鼻水を流して、大変辛そうだ。

私は彼らに歩み寄ると、小石を詰めた布を振り下ろした。

遠心力によって、強力な打撃武器となった布の一撃によって、一匹のゴブリンが昏倒《こんとう》する。

「ギャッ⁉」

慌ててゴブリンたちが反応しようとするが、動きが鈍い。

嗅覚を潰され、涙で視覚の性能も低下させられたゴブリンたちは、本来の戦闘能力の半分も出すことができないのである。

一匹、また一匹と殴り倒し、四匹は残らず地面に転がった。

ゴブリンは、赤子《あかご》の頃から人間社会の価値観を植え付けて育てた個体でない限りは、我々が望むような更生は不可能である。

殺すのが最善の選択となる。

「ナオ！　こちらに来たまえ！」

「はーい！　……って、うわあ！　ゴブリンが倒れてるじゃないですか！　先輩がやったんですか？」

「うむ。ゴブリンへの対処方法は既に確立されている。不意を討たれなければ、誰でもできるさ」

「一対四で勝つのは誰でもできることじゃないんじゃないかなあ……」

「何を言うんだ。正しい知識を持ち、正しいやり方をすれば、学習したゴブリン以外は必ず倒せる。それこそが知識というものの強さだぞ？　さあナオ。ゴブリンの生態についてレクチャーしよう。見ていたまえ」

「先輩、ここで講義を始めるんですねえ。相変わらずだなあ」

「君、まさかかわいそうとは言うまいな」

「一応わたしも、賢者の端くれですから。講義をお願いします！」

こうして、ワイルドエルフを待つ間、ゴブリンを使って実学に励む我々なのだった。

ワイルドエルフの村へ

「……何をやっているのだ、お前たちは」

「実学だよ。おかえり」

ワイルドエルフの二人が帰ってきたのは、私とナオで、ゴブリンの生態について詳細に分析し終えたところであった。

やはり、資料で読むだけでは分からないことがあるな。

これで私は、よりゴブリンに詳しくなった。

手乗り図書館に記録しておく。

この様を、呆れた顔でエルフの兄妹が眺めている。

全ての作業を終えた私は、彼らを振り返った。

「待たせたね。それで、どうだったのかね」

「村に来い。長《おさ》がお前たちに会いたがっている」

「それは、こちらとしてもありがたいことだ。時に、馬を連れて行ってもいいかな？」

「ゴンドワナです」

ナオが訂正してきた。

じーっと私の顔を見る。

……分かった分かった。

「ゴンドワナを連れて行ってもいいかな」

「ゴンド……？」

エルフの妹が、訝《いぶか》しげな顔をした。

やはり面食らうだろう、ゴンドワナなんて言われて。

「馬の名か。構わん。連れて来い」

エルフの兄は納得したようで、それだけ言うとくるりと踵《きびす》を返した。

「ゴブリンは片付けておいた方がいいかね？」

「構わん。森の獣が掃除してくれる。それよりもお前、ジーンとかいったか。その手に付いた恐ろしい臭いをなんとかしろ……!!」

「ああ。アロマを染み込ませた小石を、ぎゅっと握りしめてしまってね。放っておけば二、三日で匂いは取れるから安心して欲しい」

「そんな臭いものを村に持ち込むつもりか!?　すぐに匂いを取れ！」

「無茶を言うな。アロマでついた香りはそう簡単に落ちるものではない。そうだな、少量なら重曹を持って来ているから、これで多少はましになるはずで……」

「あっ、先輩！　それじゃあわたしが重曹で、先輩の手をもみもみしてあげますね」

「ありがたい」

　私はナオに重曹を用いてもらい、手の匂いを消しながらエルフの村へ向かった。

　馬のゴンドワナは、アロマが苦手らしく、私からは距離を取って付いて来る。

　大体の生物にとって、強過ぎる匂いというものは毒なのである。

　匂いに鈍感な人間だからこそ、これを活用できるわけだ。

「なんか、不思議な森ですねえ。足元は落ちた葉っぱで覆われてるのに、それがみんな緑。頭の上の葉っぱも緑。季節なんか関係ないみたいです！」

　道すがら、ナオが感想を呟く。

　すると、エルフの妹、シーアが得意げな顔をした。

「それはね、この一帯の森は私ら試練《しれん》の民《たみ》によって管理されてるからだよ。私らの許しが無ければ、森は通してくれなくなるの。精霊の力が、侵入者を見張ってるからね」

「シーア、余計なことを……ああ、もう全部話してしまったのか！　お喋りめ！」

「へえー！　エルフが言う精霊の力って、私たちの魔力と同じものですよね。じゃあこの森がまる

「試練の民という気になるワードも出たな。よし、手乗り図書館に記録だ」

ごと、魔法生物みたいなものなんだ」

「お前ら……！」

怒りを通り越して、どっと疲れた表情を見せるエルフの兄。

なかなか感情表現が豊かである。

そう言えば、彼の名を聞いていなかったな。

「これから、君たちの村に厄介になるわけだし、どうだろう。君の名前を教えてもらえないか？」

「お前、正気か？　名前を伝えるということが、精霊を扱う者にとってどのような意味を持つのか……いや、魔族の血を引いているとはいえ、エルフならぬ人間と交わって生きるお前には分からんか」

「精霊は名付けることで、魔法と同じ力を発揮するのだろう？　それと同様に、エルフは自らの名と精霊の名を絡めることで、自分独自の術式を作り出す。一人一人が、他者の真似《まね》できない魔法を行使するわけだ」

「!?　な、なぜそれを知っている!?」

エルフの兄が驚き立ち止まった。

「何故《なぜ》も何も、これは賢者の塔でエルフ学専攻の賢者ウニスが発表したことだよ。最先端の知識を押さえておくのは、賢者としては当たり前のことだ」

「くっ……！　この男、危険なのでは……!?　だが、長が会いたいと仰《おお》せなのだから、俺が勝手に始末するわけには……」

悩んでいる悩んでいる。

エルフにとって、己の激情をも抑え込むほど、上からの命令は絶対だということだな。

よし、手乗り図書館に記録だ。

やはり実学的に身につける知識は、活《い》きが違う。

いやいややって来た開拓任務だが、ところがどうして。

得るものが多いではないか。

「先輩、生き生きしてますね！　楽しそう！」

「そうだろう？　こうして彼らと話すだけで、世界の真実が顕《あらわ》になる。私の知識が深まっていくことを感じ、生の充実を覚えるよ。ところでナオは何を？」

「あ、はい。葉っぱを拾ってみたんですけど、これは魔法で周囲の木々に紐《ひも》づけされていますね。魔力感知《ディテクトマジック》を使ってみたら、この木々の通路だけが魔法で光ってました。つまり、この通路が一つの魔法生物なんです」

「おいお前ら、勝手に何をしている!?」

「兄さん落ち着いて！　ああ、もう。また胃に穴が開くよ……！」

「くっ、くぅーっ……！」

こうして、ワイルドエルフの兄妹にいざなわれた我々は、森の奥にあるという村に足を踏み入れることになったのである。

ちなみにエルフの兄の名は、トーガと言うそうだった。

魔狼の話

「ようこそ、外から来た者よ」

「ああ。お招きに感謝する、長」

ここはワイルドエルフの村。

と言っても、見た目は森の中の開けた場所、という印象だ。

生えた木々の半ばが膨らみ、そこが家になっているのだ。

入り口は木のうろ。

そこからぶら下がった蔦《つた》を使い、入室したのである。

「ぜえ、ぜえ……。先輩、インドア系なのに妙に体力ありますよね」

蔦を登ったことで、体力を使い果たしたナオが、汗だくでぐったりしている。

「フィールドワークも賢者の務め故な。そして私は研究に行き詰まった時、体をいじめて気分転換するのだ」

「……変態さんですか？」

なんと人聞きの悪い。

我々がそんなやり取りをしている間、長はじっと待っている。

苛立《いらだ》った様子も無い。

逆に、エルフ兄のトーガは胃をキリキリさせながらこちらを睨んでいた。

「長の前だぞ!!」

「おっと、これは失敬した」

「良い良い。わしはもう千年近く生きておる。たかだかこの程度の時間、どうということもない」

エルフの長は、見た目こそ中年に入りかけの男性であるが、これで既に老人らしい。

エルフの外見の老化はさほど進まないようだ。

私は手乗り図書館に記録する。

「先輩何気に図太いですよね」

「そうか？　それで、長。我々を呼んだ理由というのは何かね？　私としては、エルフの村にやって来れたことは大変嬉しい出来事なのだが」

「ああ、それはな。精霊が言うのだ。お前たちは悪《あ》しき者ではないとな」

「ほう？　精霊が？　精霊とは、我々の世界で言う魔力に等しいものだと理解しているが、魔力は力でしかなく、そこに意思は介在しないはずだが」

私の疑問に、長は笑って答えた。

「それは、人間が精霊を使いこなせぬだけよ。わしらエルフは精霊に名を付け、己の名と結び付けて使役《しえき》する。それは知っておろう？」

「うむ。なるほど。人間と君たちエルフでは、魔力に対する親和性が全く違うということか」

「そういうことよ。それは魔族であるお主も、魔なる生まれの存在であるそこの娘も変わらぬと思うが」

ほう。

それはつまり、人間の側で魔力の使い方を覚えた我々は、本来の魔力を扱えていないということか？

　私の思考をよそに、長が言葉を続ける。

「おぬしらを呼んだ理由は一つ。おぬしらが宿泊しておった所があっただろう。あれをなした者のことよ。そう、魔狼《まろう》よ」

「あれか。私の調べでは、ダイアウルフに近い、もっと大型の狼型モンスターであるということまでは分かっているが。狼型で最大のモンスターがダイアウルフである以上、それは私が知らないモンスターということになりそうだな。詳しく教えてくれないだろうか」

「うむ。あれは、言葉を話す魔狼よ。十年と少し前に、突如ふらりと森に現れた。それより、魔狼はわしら試練の民と争いながら、森で生きておる。名を、マルコシアスという」

　聞いたことがある名だ。

　だが、それはモンスターとしてではない。

「何故、名が分かったのかね？」

「奴が現れた時、わしらは何者かと問うた。そして奴が答えた。そこから、我らと魔狼の争いが始まったのだ」

「長、少々失礼する」

　私はこの場で、手乗り図書館を起動した。

「検索。キーワード、マルコシアス」

　手乗り図書館は、白く輝き出した。

　やがて、図書館の上に提示されるページ。

ナオがそれを覗き込み、ほえー、と変な声を出した。

「これ、王国の五百年前の記録じゃないですかー。なんですかこれ？　えっと、エイジャー男爵が悪魔教団と契約して呼び出した悪魔……マルコシアス。巨大な狼の姿をして、王都の一部を口から吐く炎で焦土《しょうど》に変えた、と」

「史学専攻の賢者リュビスの研究会に顔を出してな。これは当時の冒険者と、王国の騎士団によって退治された。マルコシアスは全ての疑問に答える力を持つと言われていてな。これを用いて、エイジャー男爵は貴族の間での立場を上げようとしていたのだが、マルコシアスの力の側面を呼び出してしまい、制御に失敗してこうなった。もちろん、エイジャー男爵家は失敗の責を負って取り潰し。男爵本人は処刑された」

「へえー。これ、まずいですねえ」

私とナオの言葉を聞いて、エルフ兄妹の顔色がみるみる悪くなっていく。

「そ、そんなものが十年も、森の入り口をうろついているのか」

「森が焼かれちゃう……!!」

「むう……！」

長も、苦々しげに唸《うな》った。

森で暴れているらしき魔狼とやらが、それほど恐ろしいものだとは思ってもいなかったのだろう。

だが、エルフたちがマルコシアスの危険性を知らなかったのは何故だ？

相手は、王国の一部を焦土に変えた、恐るべき悪魔だ。

それがこの森に出現して、十年もの間ワイルドエルフと争っていると言う。

だというのに、ワイルドエルフがマルコシアスを語る口ぶりに、そこまで切実さは無かった。

「長。ここ十年で、森が燃えたケースはあるかね？」

「い、いや、無い。我ら試練の民が管理する上で、ほんの僅かでも、火の精霊を立ち入らせることは無いぞ」

「そうか。悪魔マルコシアスの権能《けんのう》は、質問に答えることと、炎を吐くこと。これら二つの側面を持つのだが、国を焼いたのが力の側面であるならば、もしや今、この森に来ているのは……。長。エルフの誰かは、マルコシアスと言葉を交わしたかね？」

「まさか。あのようなおぞましい魔狼と、話すようなことがあるものか」

やはりか。

であれば、この件は解決できるかもしれないぞ。

痕跡調査

『魔狼の件を解決してくれたなら、お主らが森の入り口に入植することを許そう。なんならば、手助けもしようではないか』

我々は、このような言質《げんち》をワイルドエルフの長から取った。

この件を解決すれば、ジーン・ビブリオス騎士爵はスピーシ大森林をつつがなく開拓することができる。

さらには、ワイルドエルフの助けをも得られるという。

得しか無い。

ところで、エルフはマルコシアスについて、半信半疑である。

人間が調査したもの故、人間に悪感情を抱く彼らにとっては、その記録の信憑性《しんぴょう》が薄いのであろう。

それでも、彼らが脅威と感じている魔狼マルコシアスが、実はさらに恐ろしい本性を秘めているかもしれないと分かれば、恐怖心を抱きもする。

だが、そんなエルフの事情など我々賢者にとっては関係が無い。

これは新たなる知見を得られる、またとないチャンスなのである。

やる気十分。

ナオも嬉しそうに見える。

「ナオ。これは開拓のため、大きな一歩となるぞ。請け負った仕事に励もうではないか」

「そうですね、先輩！　先輩がとっても楽しそうなので、わたしもついてきた甲斐《かい》があるってものです！　一緒にがんばりましょう!!」

ナオがぐっとガッツポーズをする。

「？　なーに、このポーズ」

その横で、ナオのポーズを真似するのが、ワイルドエルフの娘、シーアだ。

「確かに、お前たちに魔狼についての仕事を任せることになったが、いいか!?　お前たちが自由になんでもできるわけではないのだ！　ここは、我ら試練の民の土地なのだからな！」

シーアの兄、トーガが念を押すように言う。

そう、それだ。

以前から気になっていたのだ。

「トーガ。試練の民、とはどういう意味合いを持つ？　我々は、君たちのことをワイルドエルフと呼称しているのだが」

「試練の民か？　その名の通りだ。この森を訪れる者に、試練を与える役割を持つ民だということだ。我らは森の民の中でも、森の守りという重要な役割を負っているのだ」

「ほう、なるほど」

手乗り図書館に記録しておく。

「つまり、エルフは君たち以外にも存在しているということか。それも、スピーシ大森林に広く」

「ああ。これだけの広さの土地に、我らだけが住まうはずもあるまい」

我々が長に認められたためか、トーガの口も軽くなっている。

これはいいぞ。

根掘り葉掘り、ワイルドエルフの習俗《しゅうぞく》について聞き出してやろう。

仕事をしながらこれだけの役得があるとは、なかなか悪くないな、開拓は。

そのようなわけで、我らはワイルドエルフの兄妹を案内役として、マルコシアスが出没する地域に向かっていた。

エルフが魔法を使うと、ただの森がまるで通路のように変わる。

迷うことなく一直線に、目的とする土地まで辿り着けるのである。

「これから向かう土地は、どういう場所なのだね？」

「我ら試練の民が、最近マルコシアスと戦った場所だ。未だ、あの忌まわしき魔狼の臭いが色濃く残っている。あまりのおぞましさに、近づく者も無い」

「ほう、つまり、現場はそれなりに戦闘が終わった後の状態が保全《ほぜん》されていると考えていいのか？　獣が入り込み、場を荒らしてしまうことは？」

「森で魔狼に近づこうという者はいない。魔狼が強く臭いを染み込ませた土地でも同様だ」

「素晴らしい」

「素晴らしい……!?」

トーガが目を剥《む》いた。

「ごめんなさいね。先輩、いっつもこういう感じなんです。ようやく調子が出てきたみたいなんで、ずーっとこのままだと思います」

ナオが、フォローになっていないフォローを入れている。

「何を謝る、ナオ！　これは実に素晴らしいことだ。誰も、現場に手を付けていないということだぞ？　万全な状態で保全された、マルコシアスの活動跡を検分できるのだ。なんと幸福なことだろう……」

私は思わずうっとりしてしまう。

「変態だ」

「変人だ」

兄妹が人聞きの悪いことを言う。

知識を軽んじる者には、好きに言わせておけば良い。

いざとなった時、役立つのが知識なのだ。

さて、いよいよ現場に到着した。

なるほど、森に満ちていた生物の気配が薄くなっている。

鳴き声は聞こえず、空気は淀《よど》み風が吹かない。

「うぇー、なんか変な感じです。先輩。ここか、そことか、魔力が淀んでますよ」

「ほう。どれどれ？　我が目よ、見えぬものを見よ。其《そ》は魔を司《つかさど》る力なり。魔力感知《ディテクトマジック》」

私の目に、魔力を見る力が宿った。

これで、周囲に宿る魔力を色として見ることができる。

ちなみにナオは、ごく至近の魔力であれば常時確認することができる。

ホムンクルスの特性である。

なるほど、ナオが指さす場所には、青白い光がわだかまっている。

「トーガ、あの場所は？」

「魔狼のやつがマーキングした場所だ」

「では、あの大木の半ばが青く光っているが」

「野郎が背中をこすりつけてやがった」

「……まるで犬だな」

これはつまり、マルコシアスがこの地域一帯に臭いを擦《す》り付け、己のテリトリーとしたということか。

「マルコシアスの血が流れた場所はどこだ？　エルフはかの悪魔と戦ったのだろう」

「……」

トーガが不機嫌になり、口を閉ざす。

どうしたというのだ？

「あの、私たち、負けちゃったんですよ。かろうじて死者は出ませんでしたけど……試練の民がみんなで挑んでも、魔狼はびくとも……」

「シーア、黙れ！　わざわざ我らの恥を晒《さら》すことはない！」

「だって兄さん！　せっかく私たち、危険を承知でここまで来たのに」

「もめている所を悪いが、確認させて欲しい」

「なんだ!?」

トーガが凄い剣幕《けんまく》で私を見た。

「つまり、マルコシアスはエルフの技では傷つかなかった。だが、エルフにも死者は出ていない。そういうことだな？」

「そうだ！　我ら試練の民を無力とあざ笑うか！」

「いや、これは重要な情報だ。ありがとう」

「は？」

トーガが呆然《ぼうぜん》とした。

「ナオ、これは大変なことだぞ。私の予測の裏付けが成されたと言っていい！」

「はい！　ワイルドエルフの集団を相手取って圧倒できるほどの悪魔が、殺していないのですよね。ということは、マルコシアスは間違いなく、知の側面として現れていると考えられます！」

「そう、その通りだ！」

私は右手をかざした。

ナオがジャンプして、そこにハイタッチする。

「イエーイ！　それじゃ、どんどん調べていきましょう！」

「今日中には巣穴を見つけられるかもしれないな！」

はしゃぐ、賢者二名。

兄妹は我らに、おかしなものでも見るような目を向けているのであった。

進め魔狼調査隊

「見ろ、フンだ。調査隊、ストップ」

マルコシアスの痕跡を辿りながら、歩くことしばし。

我々、賢者二人とワイルドエルフの兄妹……仮に、魔狼調査隊と呼んでおこう……は、大森林の奥深くまで到達していた。

「なんだ、その調査隊というのは……？　フンがあるからどうしたというのだ。むっ、凄《すさ》まじい精霊力……!!　なんというフンだ！」

「兄さん、あれって魔狼のフンだよ！　えっ!?　ジーン、一体何をするつもりなの!?」

「先輩が両手に尖《とが》った木の枝を持ってるでしょう。これから解体してフンを調べるんです。先輩は生物学が専攻だから、こういうの得意なんですよ」

「フンの解体が得意……？」

エルフ兄妹の奇異の視線にはすっかり慣れた。

私は鼻歌など歌いながら、マルコシアスのフンに近づく。

魔力感知は、青く輝く光を捉えている。

間違いなく、マルコシアスのものだ。

一体、かの悪魔は何を食べているというのだろうか。

分解してみた。

未消化の骨、なんらかの獣の体毛。

他はよく消化されている。

並の狼よりも、胃の処理能力は高いようだ。

話に聞く巨体と比較すると、フンのサイズは大きくないな。

「この毛は……すぐには断言できないが、恐らくは大型の動物のものか。トーガ、シーア。マルコシアスが現れてから、森の獣の数が大きく減少するようなことは？」

「無い。あの魔狼は、妙なことにあまり食事をしなくてな。だが、時々物を食べ、排泄すると、そのフンが強烈な精霊力を放って辺り一帯を汚染する」

汚染とは、マルコシアスによる臭い付けがされてしまうということであろう。

この強大な悪魔は、己の臭いや魔力の痕跡をあちこちに付けることでテリトリーを維持している。

逆を言えば、フンが放つ臭いや魔力が薄れるまで、マルコシアスは食事をしないということではないか。

これはつまり、かの魔狼は食事を必要としていないと言えるかもしれない。

「ナオ、空き瓶を！」

「はい、先輩！」

瓶を受け取り、フンを分解したものを入れておいた。

これは後々使えるだろう。

アロマよりも、臭いによるモンスター避《よ》けなどの効果が高そうだ。

私がホクホク顔で戻って来ると、スッとシーアが離れた。

「どうしたのだ」

「ジーン、臭い！」

「研究とは臭くなるものだ。仕方あるまい」

「あ、あんなこと言ってる！　いいの、ナオ!?」

「うん、先輩はずっとああですからねえ。わたしは気にしてません！　先輩、わたしのリュックに空きがあるので、瓶を保管しておきましょうか？」

「頼む」

よくできた後輩である。

本当に、ナオが付いて来てくれて助かった。

いつも通りの反応を見せるエルフ二人を引き連れ、我々調査隊は奥地へと向かうのである。

木々が密集してきた。

頭上は葉が生い茂り、陽光があまり差し込んで来ない。

自然環境でこれほど密集することは珍しい。

なんらかの魔力が働いているのかもしれない。

「ナオ、どうだ？」

「はい。先輩の予測どおりですね。これ、根元は離れているんですけど、幹の半ばから上が一箇所に向かって枝葉を伸ばすように操られてます。結構長い時間をかけて、植物の生育を操作したみたいですね」

「ならば、間違いなかろう」

「ですね！　さすが先輩です」

二人で合点《がてん》し、盛り上がる我々。

それを見て、トーガが尋ねてきた。

濃厚なマルコシアスの魔力に当てられてか、顔色が悪い。

「何が間違いないのだ。俺はできることなら、一刻も早くここを離れたいのだが」

「うむ。この奥に、マルコシアスがいるであろう、ということだ。言うなればこの木々が集まり、外部と遮断《しゃだん》された環境こそが、マルコシアスの巣穴なのだ」

「なんと……!?　これほど早く魔狼の巣を捜し出してしまうとは……。変人ではあるが、お前は優秀な狩人《かりうど》でもあるのだな」

「私は狩人ではなく賢者だ。遠い国では学者とも言うようだがな。そして早期にマルコシアスの巣を発見できた理由だが、犬やそれに類するモンスターには、臭い付けをする時に行うある一定の癖がある。その痕跡を辿ることで、容易に彼らの拠点に到達することができるのだ。ちなみに彼らのこれは、同じ種族に向けたテリトリーの主張である。彼らは捕食者の頂点であるが故、この癖によって危機に陥《おちい》ることはない」

私は立ち止まり、仲間たちを見渡した。

心強き、魔狼調査隊の面々である。

「おい、勝手に調査隊とやらにするな⁉」

「いいか諸君。マルコシアスは絶対的な強者であるが故に、己が残した痕跡に無頓着《むとんちゃく》だ。これを辿り、自らの元へと到達する者がいるということを、そもそも発想できない。故に、我々は必ず、無防備なマルコシアスと対峙《たいじ》できるということだ」

「先輩、トーガさんを華麗にスルーしましたね」

「兄さんいじけないで」

「さあ、行くぞ諸君。マルコシアスとの対面は、目前に迫っている！」

進むほど、木々の密集度は高くなっていった。

まだ夕刻にもならないというのに、その空間に光は差し込まない。

薄闇の中、私の耳に、巨大な獣の呼吸音が聞こえてきた。

より暗い方へ、一歩踏み出す。

エルフの兄妹は、思わず立ち止まっていた。

魔力……精霊力に敏感な彼らならば分かるのだろう。

すぐ目の前に、いる。

漆黒の小山が、寝息を立てながらゆっくりと上下している。

折りたたまれてはいるが、その背には巨大な翼が見えた。

私は、あえて落ちている枝を踏んだ。

乾いた枝が折れる音。

寝息が止まる。

闇の中で、ゆっくりと目が開いた。

金色の瞳だ。

私のそれによく似ているな。

濃く魔を宿す者は、金色の瞳を得るという。

熱い、炎のような鼻息が吹き付けられた。

私はこれを浴びながら、口を開く。

「初めまして、悪魔マルコシアス。私は賢者ジーン。君に、質問をしに来た」

魔狼の目が、見開かれていく。

悪魔にインタビュー

目を見開いたマルコシアスは、私をじっと見つめた。

「ジーン！　無防備過ぎるぞ！　魔狼の前に飛び出すなど！」

「待って兄さん！　きっとジーンには何か考えがあるんだと思う……！」

「いやー、先輩何も考えてないと思いますよ。あれ、絶対に考える前に体が動いちゃったやつです」

ナオ、正解だ。

私は何も考えてなどいなかった。

ただただ、目の前にいる悪魔が、記録にあるような存在なのか、そして、私の推論が正しいのかどうかを確かめたい、それだけだったのだ。

マルコシアスが、力の側面として呼び出された存在であった場合、私の命は無いだろう。

魔族の血が混じり、通常の人間よりは頑強な私と言えど、王都の一部を焦土に変えたような悪魔を相手にしては無力だ。

だが、マルコシアスは動かなかった。

私をじっと見つめているばかり。

値踏みしているのか。

『何故《なにゆえ》……』

ようやく、かの悪魔が口を開いたのは、沸騰《ふっとう》した湯が冷め始めるほど時間が経った頃だった。

背後にいるナオは、私の隣までやって来てしまっている。

元来ホムンクルスである彼女は、喜怒哀楽の感情が薄い。

恐怖心なども、人間よりは感じにくいのである。

「喋りましたよ、先輩」

「ナオ、君は命が惜しくはないのかね？　いや、それどころではないな。マルコシアス、何が何故なのだ？」

「それどころではない……！」

ナオがショックを受けた顔をしているが、それは重要ではない。

私の目の前で、マルコシアスが巨大な狼の頭を下げてきた。

私と悪魔の目線が合う。

『何故、分かった』

マルコシアスの口が、大きく裂けたように見えた。

笑ったのだ。

『十年、誰も気付かなかったというのに。そこで震えているエルフは、我をただのモンスターだと思い、言葉ではなく矢と魔法を射掛けるばかりであった。我は全ての問いに答える悪魔。エルフからの問いが鏃《やじり》と魔法ならば、同じく力で以て答えるだけよ』

「道理である」

私は納得した。

「君はマルコシアスの、知の側面か?」

『その質問に答えよう。その通り』

実に嬉しそうに、マルコシアスは返答した。

この悪魔は、質問に答えることこそが本質である。

それが十年の間、何も問われること無く、その口を閉ざして存在してきたのだ。

いかほどのフラストレーションがあったことだろう。

「素晴らしい。私の推論は正しかった。推論は証明され、事実となる。これにて、ワイルドエルフを脅《おびや》かしていた魔狼なるものの正体は明らかとなった！」

背後にいるエルフの兄妹は、まだ理解が及ばぬようだった。

「どういうことだ……!?　ジーン、お前はその魔狼をどうにかするのではなかったのか？」

「うん！　でも、私たちの目には、魔狼はまだそのままの姿でいるようにしか見えない……！　その、恐ろしい姿のままで」

「安心したまえ。既に状況は解決した。私が彼に問いを投げかけるまで、マルコシアスは力の側面であるのか、知の側面であるのかが曖昧《あいまい》な状態だった。だが、私の問いに彼が答えたことで、マルコシアスは自らを知の側面であると証明したのだ。であれば、この悪魔は既に害をなす存在ではない」

「あー。これ、エルフさんたちには難し過ぎるみたいですね先輩。ええと、そうですね。分かりやすく言うなら、マルコシアスは質問が欲しかったんですよ。それに答える悪魔なので。で、先輩が質問をしたことで、マルコシアスは本来の役割を果たすようになったんです。ほら。マルコシアスの魔力が小さくなっていきます」

ナオが指し示す悪魔は、全身から魔力を放出している。

そして、魔力を吐き出しただけ、そのシルエットが小さくなっていくのだ。

「魔狼が……！」

「小さくなっちゃった」

残ったのは、通常の狼サイズまで縮んだマルコシアス。

彼は立ち上がると、満足げに翼を幾度か羽ばたかせた。

彼の尾は蛇のように鱗《うろこ》に覆われ、長く伸びており、それが私の肩まで伸びてきて、ぺたぺたと叩いた。

『質問はせぬのか』

「そうだな。君はどうしてここにいるのだ？」

『その質問に答えよう。我は十年前に、召喚された。だが召喚の術式が誤っており、この森の中に召喚されたのだ』

つまりは、事故であったということだ。

「では、今の君にすべきことはあるのか？」

『その質問に答えよう。無い。我は契約を交わす前に放り出され、果たす約定《やくじょう》も無く無為《むい》に時を過ごしている』

「私が森の開拓に誘えば、君は付いて来るか？」

『その質問に答えよう。付いて行くとしよう。我の本質を見抜き、質問を与えるお前は、我と契約を結ぶに値する』

私とマルコシアスのやり取りを、じーっとナオが眺めている。

そして、エルフの妹、シーアを手招きした。

こわごわやって来るシーア。

「シーアも、色々聞いてみたらどうです？　マルコシアス、ひたすら質問に答えるのが嬉しいみたいですから。ほら、尻尾をぶんぶん振ってます」

「ええぇ……。私はちょっと遠慮しておく……！　それに、魔狼を退治するのではなくて、手懐《てなず》けてしまうなんて……」

「シーア！　そいつらのことはお前に任せる!!　俺はこれから長への報告をしに行く！」

トーガはそう宣言すると、あっという間に走り去って行ってしまった。

呆然とそれを見送るシーア。

「そ……そんなあー。逃げたな兄さん……!!」

かくして、私はワイルドエルフからの依頼を達成した。

これで、森の開拓において、彼らの協力を取り付けることができるだろう。

そしてさらに、悪魔マルコシアスと契約した。

たまに彼に質問を投げてやることで、マルコシアスは満足する。

そのついでに、開拓を手伝ってくれることだろう。

「先輩、ようやく開拓スタートですね！」

「ああ。ナオにも働いてもらうぞ」

「はい！」

第二章　開拓の賢者ジーン、あるいは魔境に住まう者

開拓の始まり

　ようやく開拓する準備が整った。

　現地人であるワイルドエルフの協力が得られるようになり、脅威と目されていた魔狼マルコシアスも味方につけた。

　今は、マルコシアスがゴンドワナの横で、ぐうぐうと眠っている。

　たまに質問して欲しい時に、この悪魔は私に話しかけてくるのである。

「さて、開拓となったらわたしの出番ですね！　先輩は休んでてください！」

　我が後輩が、突然そのようなことを言った。

　アーティファクトであるメガネをくいくいと動かしながら、テント周りの土地を見回す。

「あそこから……ここまでの木を切り倒して、まずは広場を造りましょう！　そのために必要なのは……労働力ですね！」

　周囲を指さし確認しながら、今後の計画を大きな声で言うナオ。

　私は興味がわいてきた。

「なるほど。労働力と言えば、私と君と馬のゴンドワナしかおるまい。ストーンゴーレムとクレイゴーレムは、使用回数の制限が近い。どう出るかね？」

「それはもちろん！　ここにはゴーレムの素になるものが幾らでもあるじゃないですか！」

「ゴーレムの素……ウッドゴーレムを作るつもりか！」

「ご明答！」

ナオは先日切り倒した木に近づくと、クレイゴーレムを呼び出した。

これに、持って来ていたのこぎりを使わせ、ほどよい間隔で切断していく。

輪切りにした後、樹皮《は》を剥ぐ。

そして四つの丸太が出来上がると同時に、クレイゴーレムは使用回数の制限を迎え、自壊した。

「精密な作業ができるが、やはりクレイゴーレムは脆《もろ》いな。かと言って、ストーンゴーレムではこのような作業はできない。なるほど、それでウッドゴーレムと言うわけか」

「そういうことです。さあ、四本の丸太に命を吹き込みますよ！　ちょいちょいのちょいっと、魔法文字を刻んで……」

少し距離を取った後、ナオが丸太に向けて告げた。

「詠唱省略、汝に命を与える！　汝はウッドゴーレム！」

すると、丸太から手足が生え、立ち上がった。

人間より、少し小柄なサイズのゴーレムが四体だ。

「さあみんな、木を切り倒して！　切り倒したら、輪切りにして樹皮を剥ぐの！　さあ急いだ急いだ！」

ナオが手を打ち鳴らす。

ゴーレムは命令に従い、木々に取り付き始めた。

ウッドゴーレムは、クレイゴーレムよりも丈夫で、ストーンゴーレムよりは精密な仕事ができる。

ただし、頑丈さはストーンゴーレム以下なので、古くなれば壊れやすくなる。

それに、精密と言っても限度があり、作業内容を変更する度に、細かく命令をしなおさねばならない。

だが、ナオはこのウッドゴーレムを上手く扱っていた。

次々に倒れていく木々。

八本の木が倒れたところで、ナオは命令を変更した。

ウッドゴーレムは、丸太作りを始める。

完成した丸太に、ナオが魔法文字を刻み込む。

そして、ウッドゴーレムを増やすのだ。

「生木であるうちは結構頑丈なんです。で、仕事をしてる間に乾いてくるでしょ。そうなったら、古くなったウッドゴーレムを割って、小さいウッドゴーレムにします。これに命令をすると、自分たちで組み合わさって家になります」

「ほう……！　大したものだ！　早く見たい」

ナオの専門分野である、建築と錬金術、魔法生物学の融合だ。

ついこの間まで、試験管の中に浮かぶホムンクルスだと思っていたが、立派になったものである。

「先輩のお役に立てるかと思って、先輩が特にマスターしてない分野に絞って勉強したんです！　お役に立っているでしょう？」

「素晴らしい。早く早く」

「もう、先輩ったら仕方ないですねえ」

ナオは微笑《ほほえ》みながら、ウッドゴーレムを操っていく。

夕方には、周囲の木々はあらかた切り倒されてしまった。

最終的に、六〇体のウッドゴーレムが誕生したことになる。

「じゃあ、これで作業はやめて、大部分は建材にするから乾燥させなきゃなんですが」

チラッとナオが私を見た。

「どうしたんだね？」

「おすすめは自然乾燥なんですけど、ちょっと時間がかかるんですよ」

「それは聞いたことがある。貴族の屋敷などは、一年間寝かせて乾燥させた建材で造られると言うからな。だが、我々はそのように時間をかけている暇がない」

「ですよねー。っていうか、何か急ぐ理由があるんですか？」

「ああ。我々は今、開拓を始めているところだが……私をわざわざスピーシ大森林まで飛ばした輩《やから》が、このまま黙って見ていると思うかね？」

「ああ、なるほどです！」

「奴らにとっては、ナオ。君が付いて来たことは想定外だったはずだ。必ず、様子見のためにやって来て、あわよくば辺境の不幸な事故に見せかけて私を暗殺しようとするだろう」

これは推測だが、間違いなく起こることだと思っている。

だからこそ、我々はまず、急ぎ成果と呼べるものを挙げ、王都への報告に向かう必要がある。

時間をかけていれば、バウスフィールド伯爵家の息のかかった者がここを嗅ぎつけるだろう。

建材を乾燥させる一年の間、森の中でキャンプするわけにもいかない。

「じゃあ、急速乾燥でいきましょうか。これは炎の魔法を使うので、森の外でやらないといけないんですが」

ナオがそう言った時だ。

慌てた様子で、ワイルドエルフの妹の方、シーアが走ってきた。

「火を使うのはやめてー!! 森の掟《おきて》でそういうのはやっちゃいけないの！ どうしてもやるなら、森から離れた所で、火の粉が飛ばないように細心の注意を払ってやって！ あ、私と兄さん、あなたたちの目付け役になったから！」

彼女がまくし立てた後、面白くなさそうな顔をしたトーガが姿を現す。

そして、ゴンドワナの横で寝ているマルコシアスを目にし、一瞬跳びはねるほど驚いた。

かなり魔狼が苦手なようだ。

『む……質問を……』

マルコシアスが目覚めた。

眠そうに目を瞬《しばたた》かせながら、私に近づいて来る。

そうか、質問が欲しいのか。

ちょうどいい。

「マルコシアス。これらのウッドゴーレムを急速に乾燥させたい。ちょうどよい場所は無いか」

『その質問に答えよう。大森林の東奥。古き岩窟《がんくつ》がある』

それだけ言うと、マルコシアスは満足げな顔をした。

この悪魔、どうやら己が持っている知識を話しているのではないようだ。

なんらかの方法で、外部にある全ての知識が存在する場所にアクセスし、質問に対する答えを引き出しているのだ。

そのため、返答する度にマルコシアスは魔力を消費する。

故に一日に返答できる回数が限られているということだ。

「えらいですねーマルコシアスー。よーしよしよし」

怖いもの無しのナオが、マルコシアスの頭を抱きかかえて、顎を撫でる。

トーガとシーアがこれを見て震え上がる。

ゴンドワナが嫉妬して、ナオの髪をもしゃもしゃ食べようとする。

そのようなことが一度に起こった。

私はと言うと、示された明確な答えに対し、予定を立て始めていた。

明日には、東の岩窟とやらに行こう。

そこでウッドゴーレムを乾燥させ、建材として使用する。

予定は思ったよりも、早く進みそうだ。

森奥の岩窟へ

「本当に森の奥でやるのお……!?　燃えちゃう……森が燃えちゃうよう」

おろおろしているシーア。

それが可愛いようで、ナオが笑顔で彼女の頬《ほお》をつついている。

「大丈夫ですよシーアさん。うちの先輩は優秀なんですから。ちょっと人の感情が理解できないだけです！　あっ、わたしはホムンクルスなのでその辺りはバッチリ大丈夫なんですけどね」

「感情が理解できないとか……」

「やはり」

エルフの兄妹が私を胡乱《うろん》な目で見ている。

ナオ、なんと人聞きの悪いことを言うのだ。

ここは、私が自ら彼らの誤解を解かねばなるまい。

「いいか、エルフの諸君。君たちはこれから建材を乾燥させる工程で、炎を使うことについて危惧《きぐ》があるようだが」

トーガが顔をしかめた。

シーアが泣きそうな顔になる。

「先輩、先輩！　言葉が難しくて伝わってませんよ！」

「むっ、そうか。では、これらの木材を乾かして、建築に使用することになる。そのため火を使用することになるのだが、これが森に燃え移ることを恐れているのだろう？」

「なんだお前、分かるように話せるのではないか。突然人間語を使うから分からなかった」

「エルフ語だったのだが？　まあいい。私がこれから行う作業で、森に火がつくことはない。……確証は、現場を確認してからでなければ得られないが」

「先輩、最後の一言は余計じゃないですか！　エルフの人たちが不安な顔をしてますよ」

「しかし不安要素があることを伏せるのは不誠実に過ぎるだろう。何事も絶対に大丈夫ということはない」

「そういうところで誠実にならなくていいんじゃないですか？」

「こういうところが不誠実なのが世の常なのだ。私はそういう風潮が好かなくてね」

「先輩もしかして、割と賢者の塔でも煙たがられていたのでは……？」

目的地に向かいながら会話する我らの後を、あくびするマルコシアスとゴンドワナ、そしてウッドゴーレムの大群が付いて来るのだった。

エルフ兄妹に道案内されながら、森の奥の岩窟に向かう。

あの、森をエルフの通り道にする魔法が使用され、なんの障害もなく進むことができた。

歩いた距離はそれほどでもない。

だが、何も用意せずに森を抜ければ、迷わなかったとしても一日や二日では辿り着けないだろう。

「ここだ」

トーガが立ち止まったのは、通り道の行き止まりだった。

鮮やかな緑が連なる通り道は、目の前に巨大な岩が立ち塞《ふさ》がっている。

「ゴーレム、停止ー！」

ナオが振り返って指示を出す。

すると、ウッドゴーレムたちは一斉に立ち止まろうとし……、最前列のゴーレムに、二番目が頭をぶつけた。

丸太に手足が生えたような外見だから、どこが頭か分からないのだが。

そして、軽い衝突があちこちで起こる。

最後には、ウッドゴーレムは両手を振り回しながら、ドミノ倒しになっていった。

「可愛いかも」

シーアが呟いた。

分かる。ウッドゴーレムの機能美は確かに、賞賛に値するな。

「入り口発見！　先輩、やっちゃっていいですか？」

「ああ。やってくれ」

「ウッドゴーレム行進！　岩窟に突っ込めー」

ウッドゴーレムたちは次々に起き上がると、命令通り、規則正しい行進で岩窟の中へと向かって行く。

その間、私は岩窟の周囲を歩き回り、よじ登り、その構造を確認する。

一つの岩山で造られた岩窟か。

これは人工的なものだな。

私は建築の素人だが、見たところ目立った隙間は無いように見える。

「ナオ、内部からも確認してくれ」

「はーい。ちょっとエルフの人たち、手伝ってください。手分けして中に隙間が無いか探しましょう！」

「何故俺が……」

「兄さん、隙間があったら火が溢れてきちゃう！　森が火事になるよ！」

「くっ」

トーガは不満を言いながらも、最後は付き合ってくれる。

責任感が強いのだろう。

その間に、私は岩山を登って行く。

これだけ起伏に富んだ岩壁ならば、容易《たやす》く登ることができるな。

苔《こけ》むした岩壁。

その一部は、手を掛けるとぼろぼろと崩れていった。

下から現れる、明らかに人の手による紋様。

「これは……壁画か……？　外部に掘られているというのに、まだ残っているとは。いや、苔に覆われたことで深い所に刻まれた跡が残ったのか」

私はナイフを取り出し、周囲の苔を削り落とす。

そして壁画を手乗り図書館に記録した。

この術式は、文章や言葉だけでなく、絵画等を記録しておくこともできるのだ。

描かれているのは、何かを見上げる人々の姿だった。

極端に抽象化されたそれらは、人間やドワーフ、エルフ、他の亜人たちと思われた。

そして彼らが見上げる先には、何か巨大なものが存在しているのだが……。

ここは頂点に近いせいか、分厚い苔の層に覆われてしまっていてよく見えない。

だが、その何者かの足とみられる部分は、人々の中から突き出して高い所へと続いている。

「未知のモンスターだろうか？　後でマルコシアスに聞いて……いや、いや待て。それでは調査の甲斐がないではないか……!!　くっ、なんでも質問に答える悪魔を得て、私は堕落《だらく》しようとしているというのか。なんということだ。恐るべし、悪魔の誘惑……」

岩山のふもとで、マルコシアスの大あくびが聞こえた。

火をかけろ

いよいよ、ウッドゴーレムを乾燥させる段階に入る。

岩窟にはコウモリやトカゲが棲《す》んでいたのだが、彼らには退去願った。

そしてウッドゴーレムを積み上げた後、岩窟内部に岩の窯《かま》を作る。

窯の内部に炭と火種《ひだね》を入れ、岩窟を塞ぐのだ。

「これで大体一週間です。岩窟の中の空気にある燃える素……炎素が無くなるまで窯が熱を発して、その後は岩全体が熱を持ってじりじりと熱してゴーレムの素となっている木材の水分を抜きます」

「ほう」

「本当は、賢者の塔にある乾燥設備を使えると二日で終わるんですけどね。熱の管理と空気の循環《じゅんかん》ができれば早いんですよ……あ、先輩さっそく記録してますね？」

「ああ。建築は専門分野ではなかったからな。君が話すことはどれもが新鮮でいい」

「良かったです！　先輩のためにマスターした甲斐がありました。でも、まだまだわたしの仕事はありますからね！」

ナオは窯に火をかけると、土に魔法文字を刻んだ。

すると、土が盛り上がる。

マッドゴーレムだ。

これが岩窟の入り口に取り付いて蓋となる。

「これは一体何をしているのだ？」

「木材を乾燥させるんだ。人間が住む家というものは、斬《き》り倒した樹木を加工しないと建材にできない。岩を削ってこういう家を造ることもできるが、住環境としては下等とされている」

「ふん、一々森を殺さねば住まうこともできんのか。人間という者は度し難いな」

「その通り。我々人間は、自然の様々なものを利用し、殺し、破壊せねば生きていけない。そのように生まれついた存在なのだ。魔族の血が混じった私と言えど、その宿命から逃れることはできない。故に、我々と君たちは棲み分けが必要なのだ。今回の開拓任務で、君たちワイルドエルフの協力が得られることは大変ありがたい」

トーガは目を白黒させた。

私に皮肉でも言ったつもりだったのだろう。

だが、それはその通りなのだから反論のしようもない。

「ふう、終わりです！　じゃあ一週間待ちましょう。ええと、この岩窟の炎素量だと三日くらいでなくなるから……中日で一度封を開けて、窯の掃除と空気の入れ替えですね」

では、その間にできることをしよう。

全てのウッドゴーレムを岩窟に詰め込んだ我々は、いったんキャンプへと帰還する。

エルフの里の世話になってもいいのだが、彼らの住環境は特殊過ぎ、私とナオには居心地が悪い。

「では、俺は里へ戻る。シーアはこいつらの監視を続けろ」

「えっ!? 兄さんずるい!! 私も帰るー! あーん」

トーガが我々の前から消えた。

今回あったことを、エルフの里に報告しに行ったのだろう。

憎まれ口を叩くが、きっちりと仕事をする男だ。

信頼できる。

置いてけぼりになったシーアがしょんぼりしている。

ナオが彼女を慰めに行った。

いや、正確にはいじりに行ったのである。

以前、ナオのことを、喜怒哀楽が乏しいと評したがそれは少し違うな。

彼女の感情は、喜と楽に偏《かたよ》っている。

故に、私は彼女と一緒にいると鬱々《うつうつ》とした気持ちになる暇が無くなるのである。

私の精神を安定させてくれるとでも言おうか。

「シーアさん大丈夫ですよ。わたしたちは人間じゃないので怖くないですし、たまにはキャンプをするのも楽しいじゃないですか。わたしは外の世界に出たのが初めてなので、何もかも珍しくて毎日楽しいですよ」

「外が初めてって、ナオはずっと家の中に籠もっていたの?」

「はい、そうです。わたしは人間に作られた、魔法生物ホムンクルスなので、本当は試験管から出たらすぐに死んでしまうんです。それを、先輩が手乗り図書館を使って外でも生きられるようにしてくれたんです。だからこうしてシーアさんともお話できるんですね」

「外に出たらすぐに死んでしまうって、お魚みたいな生き物だったのね」

「多分そうです」

いい加減に返事をしたな。

「お魚を水の外で生きられるようにするなんて、どういう精霊に働きかけたらそうなるのかしら」

シーアが私を興味深そうに見る。

そうだな。

あれは、私が予想できないような状況だった。

手乗り図書館がナオを前にした時、未知の知識を語り始めたのである。

試験管の中に浮かぶ、ナオの意思の無い瞳を見た時、私は彼女のことが哀れに思えた。

擬似的に心臓や内臓は作られているから、生命はある。

だが、魂が宿らないからホムンクルスは長く生きられないのだという。

それは賢者の塔における一般的な学説だ。

「そうだな。魂を入れる魔法を使った。魂と呼ばれるようなものは、どこにでも浮遊しているようで、これを集めて凝縮し、ナオに注《そそ》ぎ込んだのだ」

今になっても、その時行使した魔法がどういうものだったのか、私には理解できない。

だが、これによってナオは自立した意識を得た。

しばらくは賢者の塔で実験動物のように暮らしていたが、魂を与えた都合上、私が彼女の世話役になった。

ナオの人間性は、私から学び得たものだと言っていいだろう。

やがて、優れた知性と高い魔力を持っていることが明らかになり、ナオは賢者見習いとして賢者の塔内部を自由に活動することを許されたのである。

ナオの生活している様そのものが、賢者の塔にとっての研究材料なのである。

そんなナオだが、私の旅に付き合って賢者の塔を抜け出して来てしまったのだから、今頃向こうは大騒ぎであろう。

賢者の塔からも、追っ手がかかるかもしれんな。

対策を講じねば。

「時にシーア」

「なあに？」

「私とナオに害を加えようとする人間が、森にやって来る可能性があるのだが、対応策を実行するために手を貸してはもらえないか？」

「あなたたちって、本当に厄介事ばかり持ち込んで来るのね……！　まあ、お願いって言うなら聞かないでもないけど！」

兄と比べ、素直な妹なのだった。

畑作りと精霊魔法

木材の乾燥が終わるまでの間、我々は開拓の計画を立てることになった。

必要なものをリストアップしていく。

その中で、直近で必要なものを選別する。

さらに、その中から実現可能なものをピックアップし……。

「まずは食料の供給を可能にせねばなるまい。畑だな。こんなこともあろうかと、荷馬車に種籾《たねもみ》は積んで来ている」

「そうですねえ。でも、収穫まで結構間が空きますよね。食料はエルフの皆さんに協力してもらうとして……」

「ああ！　私たちエルフが育てている作物を分けてあげる！　お料理の仕方もナオに教えるね」

「本当ですか!?　助かりますー」

「私にも教えてくれたまえ。エルフの使う食材には興味があるし、調理方法によってその生物的特性が分かったりするからな」

「……ジーン、料理ができるの？」

「先輩、お料理上手いですよ？　実験器具を使って料理するのが玉に瑕《きず》ですけど」

「料理も実験も変わらんだろう？」

「いやいや、違う！　違うから!!」

シーアから、不思議な反論を受けてしまった。

エルフというものは、人間とは価値観が違うものであると、つくづく思い知る。

何故か、ナオが私を微笑みながら見つめていた。

こういう時、彼女は何も言わないのだ。

そのようなわけで、畑を作ることになった。

こんなこともあろうかと、川べりに開拓地を造っている。

用水路を造ることも容易いし、形だけはすぐに整えられることだろう。

「先輩、これ、麦とか以外にお芋なんかいけるんじゃないですか？」

「確かにそうだな。芋は悪くなっていなければ、食料の中に入っているはずだ」

これで二種類か。

形になってきたか。

「では二人とも、作業にかかろう」

「はいっ！」

「任せてー！　で、どうすればいいの？」

「川から水を引くためには、農地が川と同じか、より低い必要がある。我々の開拓地は川よりも高い所に造っているから、地面を掘り、畑とするわけだ」

私は木の棒を持ち、畑とする地域を歩き回る。

棒で地面を擦り、跡をつけるのだ。

「ここからここまでだ。まずは実験的に、この規模でやってみよう」

通常の道具を用い、こつこつと地面を掘っていくのもいい。

だが、今この場にはワイルドエルフのシーアがいる。

道具も魔法も、人の暮らしを豊かにするために存在しているのである。

使ってもらわない理由は無い。

「シーア、頼めるか？」

「もちろん。見ていてね。ノーム！　呼びかけに答えて！　この土地を掘り返して！」

シーアの両腕は大きく広げられ、翼のように空を打つ。

足取りはまるで舞踏だ。規則的なステップが、地を踏み鳴らす。

ノームとは、土の精霊の一般名称であるそうだ。

より優れた精霊魔法の使い手は、精霊に独自の名前を付け、強大な効果を発揮するのだという。

だが、今回はノームで十分なようだった。

シーアが舞踏の最後に地面を指さした。その場所に穴が開く。

穴からは土が宙を舞い、辺りに積み上がっていく。

この要領で、シーアは何箇所かに穴を開けて回った。

手作業で穴を掘るよりも、何倍も早い。

「ふう……もう、限界……！　精霊力が尽きそう」

シーアがへばってしまった。

畑の予定地は、半分ほどまでが掘り返されている。

これで十分だろう。

「手乗り図書館に記録する。今の魔法の再現をすれば、我々も穴を掘れるというわけだ」

「はい！　建築に使用する魔法よりも、断然効率が良かったですね！　魔力を名付けて行使するというのは、通常の魔法よりも効果が高いのかもしれません」

「ここに、シーアが行った精霊魔法の挙動が記録してある。我々賢者や、魔法使いといった者たち

は言葉の詠唱を用いるが、ワイルドエルフは言葉だけでなく全身を使うのだ。舞踊の要素を詠唱と組み合わせることで、魔法の行使に奥行きが出るのではないだろうか？」

「……そこ。私がくたびれてるのをいいことに、勝手に調べてるでしょ」

切り株に寄りかかったシーアからの鋭い指摘が飛ぶ。

当事者が目の前にいる以上、彼女の精霊魔法行使を勝手に真似するわけにはいくまい。

「シーア。君に許可をもらいたい。我々が、君の精霊魔法を真似してもいいかな？」

「……そう真正面から来られると……。そんなに、私の魔法って凄かった？」

「ああ。我々の使う魔法が非効率に思えるほどだ」

「そう？　そお？　ふふん、じゃあ許可を出しちゃおうかな」

言質は取った。

「ナオ。やってみたまえ」

「はい！　えっと、詠唱は省略！　ふんっ、ふんふんっ！」

ふんふん言いながらさきほどのシーアの動きを思い出し、ナオが踊り始める。

シーアと違って体を鍛えていない彼女は、動きに切れが無いな。

すぐに疲れて、座り込んでしまった。

「先輩……全然魔法が発動しません。おかしいなあ……？　しかも、すっごく疲れるし」

「ふむ。さきほどのシーアの動きと比較して、違うところがあるのかもしれない。今のナオの動きを記録したから、二人の魔法行使を並べてみるとしよう」

手乗り図書館から、二つの映像を展開する。

「体のキレには雲泥《うんでい》の差があるが、概《おおむ》ね動きは合っている」

「雲泥の差ってなんですかー」

ナオが私の服の裾を掴《つか》んでくる。

やめるのだ。生地が伸びる。

「違うところは……詠唱の有無か。精霊魔法は、この詠唱にこそ真価があるのかもしれないな。どうだろう、シーア」

シーアは得意げな顔をして頷《うなず》いた。

「精霊に名前を付けなくちゃ。何も言わなかったら、精霊に伝わらないでしょ？」

「道理である」

私は納得。ナオは不満げだ。

無詠唱で魔法を行使できることは、ホムンクルスたる彼女の大いなる長所でもあるからな。

それが精霊魔法を行使するにあたっては、欠点となるわけだ。

「先輩、わたしはいらない子です」

うじうじし始めた。

私はしゃがみ込み、彼女と目線を合わせた。

「そんなことはない。君がいなければ、私は思考の堂々巡りを始め、鬱々とした気分に陥ってしまう。私の思考をリセットしてくれる君という存在は貴重なのだ。それと、ナオも詠唱をしたらいいのではないか？」

ナオの顔が明るくなった。

「先輩にはわたしが必要ですか！　仕方ないですねえ。それじゃあ、詠唱もちょっと本気を出してやっちゃおうかな？」

気を取り直したナオは、再び立ち上がると、私と並んだ。

「では、合わせて詠唱いってみよう。横でシーアの詠唱を再生する」

「はい！」

私たちは声を合わせ、詠唱を行う。

「ノーム、呼びかけに答えよ。この土地を掘り返せ！」

すると、我々の詠唱と舞踊に合わせ、地面がゆっくりと掘り返され始めたではないか。

体内の魔力が、ゆっくりと抜け出ていく感触がある。

通常の魔法行使に比べると、ゆっくりしたものだ。

なるほど、これは……周囲に存在する魔力と、自己の魔力を同調させて発動しているのか！

精霊魔法とは、自己と自然の一体化なのだ！

「これは素晴らしい……!!」

「あっ」

思わず私が呟いたら、精霊魔法が止まってしまった。

ナオもつられて、魔法を停止してしまう。

「あははは！　初めてにしては上出来だけど、精霊に意識を集中しないなんてまだまだねー！

さて、それじゃあ私が、精霊の名付けから教えてあげましょう！」

「本場のワイルドエルフから、精霊魔法の教授が!?　ありがたい……!!」

かくして、畑作り作業は一転。

精霊魔法の基礎講座になっていくのであった。

仕上げと冒険者

建材を乾燥させて四日目。

岩窟の火種が消え、予熱や空気中の炎素も無くなっているであろうという頃合いである。

「じゃあ先輩、行ってきまーす！」

「ああ、気を付けて行って来るのだぞ」

「大丈夫ですよ！　シーアさんも一緒ですし」

「森は私たち試練の民の庭なんだから。任せておいて！」

「心強い……！　また後日、森の歩き方なども教授して欲しい……」

「そ、それはまた今度ということで」

ナオとシーアが森の前に立つと、木々が緑に光り輝いた。

エルフの通り道が生まれたのだ。

二人が足を踏み入れると、その姿は消え、光もやがて無くなってしまった。

「外から観察すると、ああなっているのか……。記録しておこう」

「お前はいつもそうだな」

突然声を掛けられ、私は驚愕《きょうがく》に跳び上がった。

「トーガか。いつからいた？」

「お前がシーアとナオの背中を見ながら、ぶつぶつ言っていた時からだ。しかし、数日ぶりに来てみれば、まさか畑を作っていたとは……」

「ああ。シーアから精霊魔法の手ほどきを受けてな。後半は、私とナオで地面を掘ったのだ。水路も完成し、ウッドゴーレムを水門代わりに用いている」

「あの馬鹿妹めが、人間に精霊魔法まで教えたのか……!!　いや、正確には人間ではないのだが。それにお前たちもお前たちだ。教えられて、はいそうですか、とできるものではなかろう!?　何故使える！」

「簡単な話だ。原理を理解し、その現象が発生するためのプロセスを理解し、それを可能な限り忠実に再現する。そうすれば、誰にでも精霊魔法は使えるのだよ」

　私の言葉を聞くと、トーガは目を怒らせ、尖った耳を逆立てて詰め寄ってきた。

「いいか。人里に行っても、絶対に精霊魔法を教えるんじゃないぞ！　これは我ら試練の民の技なのだ。人が手にして良いものではない！」

「知識は広く知れ渡ってこそ意味があるのだが……」

「広めるな！　これは我らがお前たちに力を貸す条件だと思え！」

「むっ。それは仕方がないな。分かった」

　私が頷いたことで、トーガは胸を撫でおろした。

　エルフの耳も元の位置に戻っている。

　感情が動くと、耳も動くのだな……。

いや、シーアは動いていなかったから、これはトーガに特有の特徴か。

「お前、俺の耳を見て関係ないことを考えているな？」

「君の耳が――」

「俺の耳はいい!! 本当にお前、次から次に興味を持ちやがって！ 少しは落ち着け！」

「見るもの聞くもの、初めてばかりなのだ。これで興奮しなかったら賢者ではない」

「はあ……。意味が分からん男だ……。何人か人間は見たことがあるが、みんなお前のように変わっているのか……!? ……ところで、魔狼が畑の周りをうろうろしているようだが、何をさせている？」

「あれは、畑の周りにフンをしてもらっている」

「フンを……？ 魔狼のフンなど、精霊力の塊だぞ？ そんなものを畑の周りに撒くなど、何を考えている。肥料にはならないだろう？」

「肥料になるかは研究次第だが、他の動物避けになる」

「なるほど……。あ、またフンをしたな」

「ああ。このために、マルコシアスにはせっせと食事を摂《と》らせている」

「魔狼をそんな事に……。想像もできんことをする男だ。しかし、確かに効果は出ているようだな。あの辺りに隠れている人間どもがこちらに近づけていない」

「なんだと？」

聞き捨てならぬ言葉を耳にし、私は目を剥いた。

いや、世の中、新たな知識に満ち満ちている。聞き捨てならぬことばかりなのだが。

それにしても、人間ども、とは。
目を凝らし、周囲を見るが人間の姿は無い。
姿を消しているのか？
「我が目よ、見えぬものを見よ。其は魔を司る力なり。魔力感知《ディテクトマジック》」
私の目に、魔力を捉える力が宿る。
すると確かに。
マルコシアスからは遠く離れた位置だが、五人ほどの影がある。
魔法を使って姿を隠しているようだ。
彼らもまた、こちらを窺《うかが》っていたのだろう。
そして、マルコシアスの存在に気付いて近づけないでいる。
外見は翼のある狼で、明らかにモンスターだ。
だが、放つ魔力の量が尋常ではない。
「じっとこちらを見ているようだ。マルコシアスを恐れているのだろう」
「当たり前だ。魔狼を前にして怖気《おじけ》づかぬ者はいない。お前とナオの二人を除いてな」
そういうものだろうか。
マルコシアスは、私と契約している。
私が彼に利益を与える限り、かの悪魔は害を及ぼしてこない。
どこに怖がる理由があるというのか。
いや、契約していないからこそ、この悪魔の強大な力が恐ろしいのだろう。

「彼らが何か喋っているようだが、分かるか？」

「ああ。我ら試練の民の目を甘く見るな。この程度の距離なら唇を読むことなど容易い。だが、奴らが人間の言葉を喋っているからさっぱり分からないな」

「やはりか」

ワイルドエルフは、人の言葉がほとんど分からないのだ。

ここは、私が同じようにするしかあるまい。

「我が目よ、遠きものを見よ。魔力は巡りて、彼方《かなた》を見通す。望遠視角《テレフォトサイト》」

魔力感知のかかった私の目に、新たなる魔法が重ねがけされる。

魔法は効果時間内であれば、同時に効果をもたらすのだ。

よし、ぐんと遠くが見えるようになったぞ。

彼らの唇を読むとしよう。

こんなこともあろうかと、読唇術《どくしんじゅつ》も学んでいたのだ。

「ふむふむ。〝聞いてないぞ。すげえ魔力の塊が畑の周りにある。あれはきっと罠《わな》だ〟〝モンスターが畑を守ってる！　ただの開拓地じゃなかったのか〟〝攻撃を仕掛けてみようぜ、敵は一匹だし、あいつを倒せば奥にいるジーンとかいう男に接触できるだろ〟か……」

私はエルフ語に翻訳しながら、彼らの会話を中継した。

これを聞いて、トーガの顔色が悪くなる。

「あの人間ども、魔狼に仕掛けるつもりか。馬鹿者どもめ」

ワイルドエルフの部族まるごとで、マルコシアスと戦い、こてんぱんに敗れたのである。

彼らは悪魔の恐ろしさをよく知っている。

そして、恐れ知らずの冒険者たちが仕掛けた。

魔法を解き、槍を持った人間の戦士と、斧を持ったドワーフの戦士が飛び出す。

背後には、恐らくハーフエルフの弓使い。

魔法使いが一名、神官が一名。

一斉にマルコシアス目掛けて攻撃する。

『それがお前たちの質問か。ならば、その質問に答えよう』

マルコシアスの体が膨れ上がった。

小山のような大きさになり、少し動いただけで、二人の戦士が跳ね飛ばされた。

矢が弾き返され、魔法は悪魔に届く前に消え……マルコシアスの鼻から放たれた炎の息が、冒険者たちを一掃した。

ほんの一息ほどの時間である。

マルコシアスは小さくなり、その場に伏せて眠ってしまった。

あれは魔力を使い過ぎたのだろう。

そして彼の前には、死屍累々《ししるいるい》となった冒険者たち。

生きているのだろうか？

「我ら試練の民は、万全の守りを以て魔狼に挑んだ。人間どもは、守りをろくに固めていなかったようだな。さて、どうなることか」

「助けるかね？」

「あれは我ら試練の民が捕らえよう。人間どもが再び、この森に手を出そうとしているのかもしれん。聞き出さねばならん。それに、奴らはお前を標的にしていたようだな、ジーン。お前にも来てもらうぞ」

「ふむ」

私は考えた。

冒険者を治療するにしても、尋問するにしても、ある程度離れたワイルドエルフの村に連れて行くのはきつかろう。

それに私には、開拓の仕事がまだまだたくさんある。

「ではどうだろう、エルフの人員をこちらに割いてはくれないか？　開拓を進めながら、彼ら冒険者への尋問を行おう」

「ここで……？　確かに、奴らを村に連れて行くのは危険だ。村の位置を知られたくはないしな……」

「ならば決まりだな。ひとまずロープで彼らを縛りつつ、治療を行う。手を貸してくれないか？」

私の申し出を受け、トーガは苦い顔をしながら頷くのだった。

尋問

ワイルドエルフたちの手を借り、冒険者たちを治療し、簡単な拘束を終えた。

弓使いのハーフエルフは、レンジャー職であるようだ。

その気になれば、ロープを使ったおざなりな拘束など解いてしまうことだろう。

治療に関しては、こちらに傷を癒やす魔法の使い手がいない。

傷口をアルコールで消毒し、包帯を巻く程度で許してもらおう。

相手の人員はこうだ。

人間の戦士、男性。

ドワーフの戦士、男性。

ハーフエルフのレンジャー、女性。

人間の魔法使い、男性。

人間の神官、女性。

装備の程度から、彼らが冒険者としては中堅クラスであることが想像できる。

相手がマルコシアスでなければ、こちらが制圧されていたかもしれない。

「何、この程度の人間、俺が一人で相手取れる」

「強気だな、トーガ」

「俺はこう見えて、試練の民一の風の魔法の使い手だ。奴らが近づく前に、必中の矢で終わらせるさ」

「それは心強いな。今度、その必中の矢とやらを見せてはくれないか？」

「……見世物ではない」

そっぽを向かれてしまった。

何かにつけて反抗的な彼だが、必中の矢というのは彼の取って置き、奥義《おうぎ》のようなものであろうか。

　ならばおいそれと見せられないのも分かる。

　だが、必ず見て記録してやると、私も誓うのだ。

「う……ううん……」

　最初に目覚めたのは、ハーフエルフのレンジャーだった。

「この女、エルフと人間の混ざりものか。お前と似たようなものだな」

「私は魔族だがな。人間の世界は差別があってな。混血は色々と苦労するものだ」

「そのようなものか。ほう、この女、精霊魔法で魔狼の攻撃を軽減していたようだな。目覚めと同時に、精霊を纏い始めた」

「……！」

　ハーフエルフが完全に目覚める。

　そして、我々を見て、すぐさま警戒状態になった。

「お、お前たちは……！」

「私はジーン。元賢者であり、今は騎士爵としてスピーシ大森林の開拓を任されている。こちらは、私の盟友であるワイルドエルフだ」

　ワイルドエルフは、名乗ることを嫌う。

　故に、トーガの名は出さない。

「ワイルドエルフ……!!」

　おや、注目するのはそちらか。

このハーフエルフ、精霊魔法を使えるということは、もともとエルフの里村で暮らしていたのかもしれない。

トーガを見る視線に、複雑な感情が絡んでいる。

それに対して、トーガの目にはなんの感情も含まれてはいない。

「君は、ハーフエルフに対して何も思わないのか？」

問うと、トーガは鼻を鳴らした。

「差別とかいう感情か？　エルフの血が人間と混ざっていることに、腹立たしさは覚えるさ。だが、混ざりものということについては、お前を見ているからな。我らの仲間に迎えようとは思わんが、外で勝手にしている分には興味は無い」

トーガの独白を、じっと聞いているハーフエルフである。

エルフ語が分かるのだ。

精霊魔法の行使に、エルフ語は必要ではない。

精霊を名付けるのに必要なのは意思であり、意思が乗った言葉であれば、人間標準語であっても問題は無い。

だが、彼女はエルフ語を覚えている。

エルフが用いる、希少な精霊魔法を使うこと。

エルフ語を解すること。

この二つが揃《そろ》えば、おおよそ彼女の境遇は想定できる。

つまり、彼女はエルフの側で育ったハーフエルフということになるだろう。

「楽にしてくれたまえ。君が育ったエルフの里でどう扱われたかは知らないが、ワイルドエルフは君に害意は持っていない」

「⁉　わ、私がエルフの里の生まれだと、どうしてそう思った⁉」

「エルフ語の理解、精霊魔法の行使、そして彼への態度。後天的に身につくものではあるが、その三つが揃っている以上、自然な回答はエルフの里で生まれ、迫害されて育った、となるだろう。安心したまえ。混血故の困難は、私も経験している」

「あ、ああ……」

呆然としながら、ハーフエルフは私を見上げた。

「君には聞きたいことがある」

「……答えないぞ」

「依頼主についてだが……やはり答えてはくれないか。魔法で身を隠している間、君の仲間が私の名前を口に出していたようだが」

ハーフエルフは動じない。

じっと私を見つめている。

「私の暗殺任務かね？」

「っ！　私たちは、暗殺などしない！　そこまで落ちぶれてはいないからだ！」

自分の仕事に、それなりに誇りを持っているようだ。

「仮に暗殺以外だとするなら、私の状況を調べに来たか。接触を図ろうとしていたようだが、それは雇い主に禁じられていなかったのか？」

「……………」

「沈黙か。ではそれは肯定と捉えておこう。君たち独自の判断で接触しようとした、と。ということは、君たちの依頼主は、バウスフィールド伯爵家だな？」

今度は、びくりと耳を震わせるハーフエルフである。

唇がぱくぱくしている。

「ど、どうして」

「賢者の学院が依頼主なら、ナオを探るだろう。彼らは彼女を取り戻したがっているからだ。国家が依頼主なら、姿を隠さず、もっと直接的に私に接触して来る。それ以外の組織が依頼主となると、心当たりが無い。私は賢者の塔からめったに外には出なかったし、関わりも持っていないからね」

「……！　そ、それだけの理由で」

「状況証拠を重ねていき、推論と照らし合わせて、選択肢を絞る。そうすれば、正しい答えでなくともより近い答えは得られるものさ。未知に挑む学問の考え方の一つだ」

無論、得られた答えを絶対としてはいけない。

未知の理論や新たな証拠によって、いつ覆《くつがえ》されるか分からないからだ。

だが、我々賢者は、いつもそんな逆転を期待しているところがある。

既知の学問を超えた未知とは、賢者が探し求めてやまぬ真実そのものであるからだ。

「さて、他の仲間たちも目が覚めたようだぞ。彼らにも同じことを確認して来よう。ああ、魔法使いと神官のお二人には猿ぐつわをさせてもらうが」

労使交渉

確認の結果、冒険者たちを雇ったのは我が生家、バウスフィールド伯爵家であることが明らかになった。

私を賢者の塔からも追放しておいて、なおも何かを企んでいるのだろうか。

現当主クレイグには、こちらももはや守るばかりではいられまい。

「開拓の成果を記録し、早急に報告に向かう必要があるか……」

私は心算《しんさん》した。

ワイルドエルフの諸氏に迷惑を掛けるわけにはいかないだろう。

だが、私が開拓を行う上で、彼らの協力が不可欠であったことは間違いない。

トーガとシーアの兄妹を説得し、ともに来てもらう必要があろう。

そしてマルコシアス。

彼は、賢者の塔に対する強力な切り札となる。

ナオを向こうに渡さぬためにも、マルコシアスを活用させてもらわねば。

「ただいまです！」

元気なナオの声がした。

いつの間にか、開拓地の入り口に彼女が立っている。

案内をしていたシーアも一緒だ。

「あと三日くらいで乾燥は終わる感じですね。そうしたら、乾燥したゴーレムに歩かせて、こっちで家にしちゃいましょう。設計図ももう作っててですね……先輩？」

「うむ。家を造り、開拓地が一応の形を成したら、いったん王都に報告に向かうぞ」

「報告に……！　ついにですね！」

彼女は目の前で、ぐっと両拳を握った。

やる気満々である。

実に頼もしい。

「ところで先輩。人が増えてるみたいですけど」

「ああ。彼らは、私の状況を探りに伯爵家がよこした冒険者だ。クレイグめ、よほど私の状況が気になるとみえる。このままでは、暗殺者が差し向けられるのも遠くはあるまい」

「なるほどー。それで、先輩は急いで報告に行くことにしたんですね」

「そういうことだ。我々が挙げた成果は、これまで入植不可能と思われていたスピーシ大森林に、仮とは言え入植地を造ったこと。そして、ワイルドエルフと協力体制になることができたことだ。ただし、彼らは人間と馴《な》れ合うつもりがない」

すぐ横まで来ていたトーガが、頷く。

「ああ。森に踏み込んだ人間は殺す」

背後でそれを聞いていた冒険者たちが震え上がった。

「故に、だ。亜人を中心として開拓地を造っていくことになるだろう。森の管理者でもあるワイルドエルフをないがしろにはできないし、それは開拓地の死活問題となる。彼らを刺激しない住民は、自然と亜人に絞られるということだ」

私は冒険者たちの中で、ドワーフとハーフエルフに目を向けた。

ドワーフは何か考え込んでいる。

ハーフエルフは、ぷいっとそっぽを向いた。

「先輩、あの子に何かしたんです？　嫌われてます？」

「ちょっと彼女の事情を暴《あば》いただけだ。何も悪いことはしていない」

「してるしてる」

とは、シーアの言葉。

「ナオ。あなたの先輩、他人の心があまり分かってないでしょ」

「そうですね。先輩が大事なのは、真実とかそういうのなんで！　かくいうわたしもホムンクルスなので、人の気持ちとかあんまり分かんないんですけど！」

「ナオはまだ生まれてから年月が経ってないんでしょ？　ジーンはいい年してちょっとねえ……」

「なんだ君たち。私のスタンスに何か文句があるのかね」

私が問うと、シーアは半笑いになった。

「今更、お前については何も言うまい。これからのことを考えるとしよう。まずはここに転がした、冒険者とやらだがどうする？　里に連れて行くこともできるが、人間どもは殺すことになるぞ」

「それは色々とまずいだろう。君たちが本格的に、王都と敵対関係になってしまう」

「人間どもなど、相手にしたところで負ける気は無いがな。だが、無用な争いを呼び込むのは我ら試練の民の本意ではない。だからな」

トーガが目配せをする。

そこには、ほぼ完成した畑がある。

後はここに種を植えたり、あぜ道を作ったりするだけだ。

「なるほど。彼らに手伝わせろということか」

「無駄飯喰《ぐ》らいを置いておく余裕などあるまい？」

確かにその通りである。

私は冒険者たちと交渉することにした。

「諸君。我々はこうして、君たちを拘束している。あと三日から四日の後には王都に向かうため、その頃には解放できることだろう。だが、その間、君たちを養う義理は私にはない。そして、君たちが労働力を提供してくれれば、その間の食料を提供することにやぶさかでは無い。どうだね？」

「どうして私たちがお前を手伝わないといけないんだ!!」

噛み付いてきたのは、ハーフエルフの女だった。

だが、人間の戦士とドワーフは、大人しいものだ。

「その提案に乗らせてもらっていいか？　任務に失敗しましたで戻ったら、それはそれで具合が悪くてな。それに、俺らは懐に余裕が無い」

人間の戦士が、愛想笑いのようなものを見せる。

「そうか、君たちパーティは困窮《こんきゅう》していたわけか……。それで、危険なスピーシ大森林まで行くという仕事を受けざるを得なかったと」

「その通りだ。でかい仕事で失敗してな。おかげでからっけつだ」

「良かろう。では、労働を提供してもらう報酬《ほうしゅう》として、マルコシアスのフンを君たちにやろう」

「へ？」

人間の戦士が、一瞬呆《ほう》ける。

だが、これに興奮したのは魔法使いだった。

「なんだって!? あの魔力の塊をか！ 凄い！ これは凄いぞマスタング！」

「何がだビートル？ 化け物狼のうんこだぞ？」

「いやいや。あのフンは、乾燥させるだけで魔力を媒介《ばいかい》する上質な魔道具となる！ 魔力を乗せて良し、魔法陣を描いて良し、他の魔道具にふりかければ、一時的に効果をアップできるだろう！ 店に売れば、かなりの金額になるぞ……！」

「なんだと……!?」

「おお……モンスターのフンにわたくしたちの命運は掛かっているのですね……」

冒険者の女神官が嘆いている。

私は彼らを見回すと、問うた。

「どうするかね？ マルコシアスのフンを報酬として、諸君は開拓地での作業に三日間従事する。受けるのか、受けないのか」

「引き受させてもらうぜ」

冒険者を代表して、人間の戦士マスタングが答えた。

契約成立である。

我が開拓地は、労働力を手に入れたのだ。

建築開始

岩窟で、建材の乾燥に入ってから一週間。

いよいよ、乾いた木材を入手する時である。

例によって、シーアの案内で岩窟へと向かう私とナオ。

冒険者たちの監視は、トーガと他のワイルドエルフに任せておく。

「私は二度目だが、やはりこの緑色の道は凄まじいものだなあ……」

エルフの通り道を歩きながら、周囲を見回す。

足元から、横、頭上に至るまでが鮮やかな緑の色彩に包まれている。

これこそ、ワイルドエルフの精霊魔法の極致《きょくち》ではないか。

精霊の力を使い、森そのものを変質させてしまう魔法だ。

これは、スピーシ大森林に馴染《なじ》んだ彼らエルフだからこそ可能な魔法ではないだろうか。

言うなれば、エルフと森が共同で行使する大魔法なのだ。

「先輩、何をしみじみしながら手乗り図書館に記録してるんですか？」

「ああ。エルフの通り道の素晴らしさを実感しているんだ。素晴らしい魔法だ……」

「いや、褒められると照れるなあ。私も最近使えるようになったんだよねぇ」

照れるシーアを先頭に、我々は岩窟へと到着したのだった。

□□□

岩窟の入り口には、土で封がされている。

「熱風が出てきますから、入り口の脇に避けてください。じゃあ、いきますからね？　ゴーレム、〝汝から命を奪う〟」

ナオが告げると、岸壁を封じていた土の扉がぼろぼろと崩れ落ちていった。

扉そのものがゴーレムなのである。

そして、開かれた入り口から熱い空気が吹き出して来た。

空気の向こうの風景が、ゆらゆらと揺れて見えた。

「そろそろいいかね？　あちっ」

「先輩まだです！　ほらー火傷《やけど》したー」

「大丈夫。私は魔族の血が混じっているから熱には強いんだ」

いかんいかん。

先走ってしまった。

私はナオの良しが出るまで、じっと待つ。

「はい、良しでーす！　出ておいで、ゴーレムたちー！」

ナオが岩窟の入り口に歩み出て、中に向かって呼びかけた。

すると、木材がぶつかり合う音が聞こえてくる。

現れたのは、すっかり乾燥したウッドゴーレムたちであった。

「随分と乾いたものだな……」

「ねえナオ、なんで木を乾かすの？」

「丸太の頃の、およそ十分の一まで水分を絞っているんです。そのままで家にすると、だんだん水分が抜けていって隙間ができたりするんです。建材を乾燥させてから家に加工すると、寸法が狂いにくくなるんですよ」

「なるほど、そういうことか」

「へえ……。人間って、色々工夫して家を建ててるんだねえ。私たちは、木をそのまま使うもの」

ワイルドエルフの村で見た、うろが家になるように品種改良されたらしき木々を思い出す。

あれは、人間とはまた違った建築学の賜物《たまもの》なのだろうな。

「さあ行きましょ！　放っておいたら、またゴーレムが湿っちゃいます！　シーアさん、早く早く！」

「はいはい！　連続でやると結構疲れるんだからね！」

シーアが精霊魔法を行使する。

再び生まれる、エルフの通り道。

今度は、ウッドゴーレムの群れを従えて、開拓地へと戻って行くのである。

おっと、その前に。

私は岩窟を振り返る。

その壁面には、私が苔を削り取った跡がある。

一週間程度では苔は再生しておらず、剥き出しになった岩肌に壁画の姿があった。

たくさんの人間やエルフ、ドワーフや亜人たち。

彼らが見上げる、何か巨大なもの。

あれは、二本の足であろう。

それが支える本体はあまりに大きく、見えない。

再びそれを手乗り図書館に記録し、私はエルフの通り道に身を投じたのだった。

□□□

「なんだかたくさん来たぞ……!?」

「ゴーレムだ！」

労働に勤しんでいた冒険者たちが驚きの声を上げる。

森から突然、六〇体のウッドゴーレムが飛び出して来たのだ。驚きもするだろう。

「ウッドゴーレム！　〝汝に使命を与える〟」

ナオがゴーレムに新たな命令を下す。

彼女の手にあるのは、設計図。

ゴーレムを組み上げて造る、開拓地の家のものだ。

設計図には、ゴーレムに施されたものと同じ魔法文字が刻まれている。

そして、ゴーレムにはあらかじめ、番号が振られていた。

設計図通りに、ウッドゴーレムが集まり、組み合わさっていく。

「なんだこれは……!?」

トーガですら、驚きに満ちた目でこの光景を眺める。

これこそ、賢者の塔が誇る建築魔法。

錬金術とともに修めねば習得できない、高難易度の技である。

ナオは、錬金術への極めて高い適性により、この建築魔法を使用することができる。

家が完成したのは、何度か瞬《まばた》きをする間のことだった。

少し前には存在しなかった、大きな木造の家屋がそこに出来上がっている。

「じゃーん！　完成、大型ログハウスです！」

「ナオはずっと、この家の絵を描いていたんだよね。見てみて、みんな！　人間だってそれなりにやるものだよ！」

すっかり仲良しになった、ナオとシーアが完成したそれを二人並んで指し示す。

ログハウスの大きさは、ちょっとした貴族の屋敷ほどもある。

ナオの設計図によると、我々の居住区画と、作物や資材の倉庫がそれぞれあり、さらには畜舎も内蔵されているということだった。

もちろん、この建物一軒で終わりはしない。

これからもっと多くの家を建て、多くの人々を迎え入れ、ここは成長していくのである。

「よし。これを、開拓地の拠点とする」

私は宣言した。

第三章　報告の賢者ジーン、あるいは狙われる者

王都へ

開拓地が様になったところで、王都への報告に向かうこととする。

馬のゴンドワナが引く荷馬車に、最低限の提出用資材。

私とナオ、ワイルドエルフの兄妹。

そしてマルコシアス。

この悪魔は何か興《きょう》が乗ったようで、馬車を引くと言い出した。

なので、荷馬と翼がある狼が並んで馬車を引っ張っている。

ゴンドワナは、おかげで負担がだいぶ軽減されたらしく、ご機嫌だ。

馬と悪魔も妙に仲が良いのだ。

ゴンドワナが寝ている時、よくマルコシアスを毛布代わりにしているからだろうか。

「向こうに着いたら、ゴンドワナのお嫁さんが欲しいですね」

「ああ、そうだな。馬はもう一頭いた方が何かと都合がいい。報告がてら、追加の資金をもらえるよう国王に要請《ようせい》しよう」

ナオの提案に賛成する。

スピーシ大森林は遥《はる》か後方。まる一日で、セントロー王国の北の国境まで到着した。

国境線には木造の柵が続いており、見張り塔が点在している。

これらは、大森林から溢れ出すモンスターに備えて造られているのだ。

だが、ここ数十年の間は、たまにはぐれモンスターが出て来るくらいで、国境線に詰める兵士が総出になるような出来事は起きていない。

故に、兵士たちはのんびりとしたものだ。

我々の馬車が近づくと、兵士たちがぞろぞろ集まって来た。

警戒のためではない。

物珍しいからだ。

「おお、モンスターが馬車を引いてる」

「あんた、大森林を開拓に行ったジーンさんだろう？　よく生きて戻って来たなあ」

私は彼らに挨拶をすると、国境越えの申請をした。

幸い、彼らの中に往路で私の出国を担当した者がいたようだ。

手続きはすぐに済んだ。

念のため、マルコシアスの安全性についてだけ尋ねられる。

「このモンスターは大人しいのかい？　いや、俺たちが周りにいるのに、のんびりして見えるから安全だとは思うんだけどさ」

「うむ。こちらから仕掛けない限り、かの狼は静かなものだ。馬と並んで仲良くしているだろう？」

それを聞いて、兵士たちは納得したようだった。

ゴンドワナが怯《おび》えていないのだ。

つまり、馬を食わないモンスターなのだと、彼らは判断した。

「これから国に報告かい？　お疲れ様。あんたが戻って来れるってことは、大森林もそう危険じゃないのかもなあ」

兵士の感想には、私は曖昧に頷くだけにしておいた。

荷馬車の後ろで、不機嫌そうなトーガが唸っている。

人間の言葉は分からないが、たくさんの人に囲まれているのが気に入らないらしい。

シーアはきょろきょろとして不安げだ。

ワイルドエルフと言えど、顔に独特の化粧をしなければ、見た目は少したくましいエルフに過ぎない。

セントロー王国において、エルフは数こそ多くはないが、珍しくはない存在だ。

兵士たちは、まさかこの兄妹がスピーシ大森林の原住民だとは思ってもいなかった。

「じゃあな、王国に入ってしまえば安全だ！　山賊の類《たぐい》はこの間の大討伐《だいとうばつ》でほとんどいなくなったし、モンスターだって出て来ない。ゆったり旅を楽しむといいよ」

「それとな、俺たちはまあ、辺境に左遷された兵士だ。色々諦めてるから賄賂《わいろ》なんて要求しないがな。内に入ったら、不良連中もまだまだいるって話だ。そこのモンスターに難癖《なんくせ》つけられるかもしれないぜ」

「忠告ありがとう。気を付けるとするよ」

我々は国境線の兵士に別れを告げる。

辺境勤務の兵士たちは、のんびりとしたものだった。

煩《わずら》わしい、人と人との競争に晒されなければ、人間というものは穏やかになるものだ。

逆に、王都に近づくほど、人の性質は刺々《とげとげ》しいものに変わっていくことになる。

知識人の集まりとされている賢者の塔ですら、権力や勢力争い、派閥《はばつ》争いが絶えなかったのだ。

「やれやれ。王都に近づくにつれて、ため息が出て来るな。またあの面倒な人間関係の中に身を置くのか」

「先輩、派閥に入ってませんでしたもんねえ。でも、そのおかげであちこちの研究会に顔を出せたんですけど」

「ああ。手乗り図書館とナオのおかげもあるな」

「ジーン。あの人間どもは何を言っていたのだ？　我ら試練の民を嘲《あざけ》っていたのではあるまいな？」

「いや、そんなことはない。のんびりとしたものだよ。だが、ここから先に住んでいる人間は、君の言った通りの態度をとるかもしれないな。とにかく、差別がひどくてね。そうだ。道すがら、君たちにセントトロー王国で使われている言語を教えよう」

「俺は人間が使う言葉など知らなくていい」

「それは良くない。トーガが人を嫌っていることはよく知っている。だが、だからこそ人間の言語は理解しておくべきだ。そうした方が、たとえ人間と敵対することになったとしても、彼らが何を考え、何をしようとしているのかを理解する手助けとなる」

「むっ……。確かにそうかもしれん……」

「そうだね。私たちに教えて、ジーン。言葉が分からないと、色々不便だもの」

というわけで、王都到着までのおよそ二週間、ナオが国の町並みを紹介し、私が人間語を講義することになった。

ワイルドエルフの二人は、驚くほどの言語能力を見せた。

ほんの数日で、基本的な挨拶や日常的な会話に用いられる単語を記憶し、その翌日には使いこなせるようになったのだ。

「精霊に物を言い聞かせるよりは容易《たやす》い」

とはトーガの弁である。

エルフの頭の回転が、そもそも人間よりも早いのであろう。

彼らは人よりも長寿であるが故、物事に対して真剣に取り組むことが少ない。

そのため、年齢に比して知識や技術が大したことがない者が多いのだ。

だが、それはエルフという種族に能力が無いわけではない。

「本気になったエルフは凄いですね……」

しみじみとナオは言う。

私も同感だ。

それに、私は人に物を教えるのも好きなのだ。

教え甲斐がある生徒がいるというのは、楽しいぞ。

賄賂要求への回答

王都に近づくに連れ、人の数は増えていく。

自然と、我々が注目される機会も増えていくわけだ。

誰もがマルコシアスに注目する。

それぞれの町の入り口では、そこを守る兵士に呼び止められることも増えた。

「モンスターを街に入れるわけにはいかんな」

「ここに、特別にモンスターを連れ込んでいい許可証があってな！　そうだな、金貨十枚も払えばそれで通してやらんこともない！」

今もこうして、捕まっているところである。

「これは私の使い魔だ。契約者である私が、この悪魔の安全を保証しよう」

「先輩！　悪魔って言っちゃってます!!」

おっと。

兵士は賄賂が欲しいらしく、難癖をつけて我々をこの場に留《とど》めようとする。

やれ、狼が媒介する病気で、街の子供が苦しむだの。

魔族の血が入った者は街に入る時、税を余計に納めねばならないだの。

「ジーン。この人間どもを殺してしまえばいい」

ここで突然、精霊魔法を行使しようとするのがトーガという男だ。

「まあ待てトーガ。腐敗した街の兵士には、このような輩も存在するものだ。彼らはこうして独自の判断で集金を行おうとするが、これ自体は違法なのだ。我々が粛々《しゅくしゅく》と上層部に訴えかければいい」

「先輩、聞こえてますよー！　兵士さん、顔をピクピク痙攣《けいれん》させてます！」

「そもそも、私は騎士爵としての地位を陛下から叙爵《じょしゃく》されているのだ。これは陛下からの信頼の証《あかし》でもある」

兵士たちは意地悪な顔をした。

「じゃあ、あんたが騎士だっていう証拠はあるのか」

「家紋などは無い。普通の通行証しか無いな」

「だったら信用できんだろうが！　大人しく、俺たちが言う金を払えばいいのだ！　そうすれば丸く収まるだろう……！」

「残念だが、我々は金を持っていなくてな。代わりにこれをやろう」

私は袋を手渡した。

兵士の顔がほころぶ。

いそいそと中を覗いて……彼は首を傾《かし》げた。

「なんだこれ？」

「マルコシアスのフンを粉末にしたものだ」

「い、いらねえよ!?」

慌てて突き返す兵士。

「そうだ。金が無いって言うなら、横に乗っている女とエルフの女を引き渡せば……」

「やれやれ、仕方があるまいな」

私は手乗り図書館を起動した。

「こんなこともあろうかと、評判の悪い兵士の素性は記録しておいたのだが。あー、スベータ村出身、ロネス男爵に仕える兵士のトラナット君。君は幼少期から嘘をついて金を巻き上げる行為をしているようだが、現在君に恨みを持つ者は合計二十五人おり、必ず君の将来に影が差すことになるわけで……」

「おい、おいおいおい!?　なんで俺のこと知ってるんだ!?」

「こんなこともあろうかと調べたと言っているだろう。そこにいる兵士の素性も調べてあるぞ。君はこのロネス男爵領出身のカピチ君で、若作りしているがもうすぐ三十歳で妻に逃げられ、家の両親から早く嫁を探せとせっつかれ……」

「やめてぇ！」

他の兵士も悲鳴を上げた。

兵士たちが私を見る目が、怯えに変わる。

「な、な、なんだよ、お前」

「どうしてそんなこと、往来《おうらい》で大声で言っちゃうの」

「私は元賢者だ。万一に備え、情報を集めておくのは賢者としてやっておくべきことだろう。本日君たちが恐喝紛《きょうかつまが》いの行為を働いたことは、こちらに記録しておく。追って沙汰《さた》を待ちたまえ」

そう告げながら、私は状況を映像で記録しておくことを忘れない。

兵士たちの顔が険しくなり、彼らは次々と腰の武器を抜いた。

「くそっ、こうなればお前をここで」

「トーガ、シーア、解禁だ。後に男爵に正式に抗議する。この場は好きにやりたまえ」

「待っていたぞ！」

「お任せ！」

突如街中に出現する竜巻。陥没《かんぼつ》する地面。

伸びて来る蔓草《つるくさ》が兵士をぐるぐるに絡め取り、小さいウッドゴーレムがたくさん出現して、兵士たちをぺちぺち叩いた。

「ナオまで参戦しているのか」

「えへへ、ついやっちゃいました」

悲鳴を上げ続ける兵士をよそに、我々は別の兵士へと街に入る手続きを行ってもらう。

スムーズに許可が出た。

「でも先輩。いつの間にあんな情報を集めてたんですか？　ここ最近、ずうっと辺境開拓しどおしで、そんな暇無かったじゃないですか」

「無論、暇は無かった。故に、この三日ほどをかけて、マルコシアスに質問して聞き出したのだよ。全員の情報はいらない。より目立つ経歴の者が数名いればいいんだ。皆、自分が男爵の兵士ではなく、どこ生まれの誰々だと丸裸にされれば、気が弱くなるというものだ」

「へえー、なるほどです！　参考にしますね！」

これはナオに参考にして欲しくないかもしれない。

「やれやれ、人間の世界というものは面倒だな。なぜ、同族を脅すなんてことをしているんだ？いや、お前たちは厳密には違うのか。ふむ。我らは初めから受け入れないが、この人間どもは無茶な条件を呑ませてから受け入れようというのだろう？　やり方が遠回しじゃないか？」

「それは、人間社会には貨幣《かへい》というものがあってね。これが人を狂わせるのだよ」

シーアはこれを聞いて首を傾げた。

「知ってる。人間が発明したものでしょ？　でもなんで、自分が発明したもので狂っちゃうの？　人間ってやっぱりお馬鹿さんなんじゃ？」

「ですねー。お馬鹿なのは否定しないですねぇ」

ナオが頷いた。

「何、生物とは、生存することに最適化……とはいかなくても、適した進化をするものだ。人間もまた、与えられた環境で生きるために適した生き方をしているものさ。これを理解すれば、我々がやりやすいように活用することもできる。生物資源というものだね」

「人間も生物資源ですかー！　なるほどー！　それで、先輩。手乗り図書館で何をいじってるんですか？」

「今の映像と、マルコシアスのフンを使って、ここの領主であるロネス男爵に挨拶して来ようと思ってね。いや、別にゆするつもりはない。メリットとデメリットを提示して、味方を作っておくだけだよ」

「この男は半分人間ではないから、こういう恐ろしいことを言うのだな」

ちょっと引きながら、トーガが呟くのだった。

話の分かるロネス男爵

事前の連絡はしていなかったのだが、ロネス男爵の屋敷にやって来ると、門番がすぐさま我々を出迎えてくれた。

男爵は、黒髪を後ろに撫で付けた口ひげの男で、恐らく年齢は壮年に差し掛かったあたりか。

この顔、私が騎士の叙爵を受けた際に、居並んだ貴族たちの中にいた気がする。

男爵の横には、ホムンクルスであるナオよりも、遥かに作り物めいた無表情の、メイドらしき女が立っている。

彼女の顔には、ナオのものに似た眼鏡がつけられていた。

「やあやあ、ビブリオス騎士爵！　魔境スピーシ大森林の開拓に出掛け、よもや生きて帰って来た貴君と相見《あいまみ》えられるとは！　このロネス、驚きとともに喜びを噛み締めているよ」

「それはそれは。ところで、何故、驚きが先で喜びが後なのですかな？」

「それ言っちゃいます先輩!?」

細かいところだが、私には気になるのだ。

するとロネス男爵は笑った。

「実はな、我らの間で、貴君が森林の開拓に成功するか否かを賭けているのだ。バウスフィールド伯爵家とその一派は、皆、貴君が死ぬ方に賭けている。かく言うこのおれは、体制には面従腹背《めんじゅうふくはい》する主義でね。貴君の生存に領地の一部を賭けていたというわけだ」

「ほう……。私の生死で賭博を……？　面白くはありませんな」

「いやいや！　済まん済まん！　だが、貴君はこうして戻って来た！　おれは伯爵一派から、少なからぬ領地を削り取ることができる。勢力を増したバウスフィールド伯爵家に辟易《へきえき》していたが、ようやく息が継げるというものよ」

「そのような権力争いにかまけているから、男爵の配下である兵は、勝手な金策に走るのではありませんか？」

　私は手乗り図書館を呼び出した。

　手のひらの上で輝く白い建造物に、男爵の目が丸くなる。

「それが噂《うわさ》の、手乗り図書館か！　なんとまあ、美しいものだ」

　美しいばかりではない。

　私は図書館に記録した、賄賂を要求してきた兵士たちの映像を展開する。

　これを見て、ロネス男爵は口をぽかんと開き、次いで、げらげらと笑い出した。

「いやあ、これは参った！　遠くの光景を映し出しているのではないな？　過去の光景を記録したのか。ほう、映像という？　なるほど、これをもしも陛下に見られては、おれの立場が危うくなる！　多少の賄賂要求は好きにさせていたが、女を売り払うなどと言うのは論外だ」

「そうですよー！　わたしは大ピンチだったんですから！」

「そちらのお嬢さんが、噂のホムンクルスの賢者かね？　まるで人間だ！　いやいや、失礼した！　お嬢さんの身に危険が降りかかったのは、このロネス男爵の不徳が成すところ！　詫《わ》びの代わりと言ってはなんだが、後で我が領を自由に通過できる通行証を発行しよう！」

「感謝します。そしてこちらは、我が開拓地と領土を隣接するロネス男爵への挨拶として持って来たものです」

　ネガティブなものをちらつかせ、向こうの譲歩を引き出した。

　だが、私が知らぬ所で行われていた賭けのおかげで、男爵が私に抱く印象は良いものになっていたようだ。

これは、男爵と交友を得られる可能性がある。

私が差し出したのは、兵士たちに手渡そうとした袋と同じもの。

マルコシアスのフンが入った皮袋である。

これは、男爵の代わりに、メイドらしき女が受け取り、中を覗き込む。

彼女が身につけている眼鏡がきらりと輝いた。

魔法の品か。

「先輩、あれ、わたしの眼鏡をちょっと単純にした構造のアーティファクトですね。常時魔力感知《ディテクトマジック》みたいな」

「なるほど。であれば、贈り物の価値にはすぐに気付くだろう」

私の予想通り。

メイドは目を見開き、驚きの声を上げた。

「ご主人様！　こちらは、強い魔力を宿したなんらかの粉末です……！　純粋な魔力のみを結晶化したような……。これがあれば、魔法陣の作成、アーティファクトの作成、魔法の補助などに多大な助けとなるでしょう！」

「価値があるものか？」

「十倍の重さの金貨ほどかと」

「ほう!!　貴君、いやジーン殿！　これは一体……？」

「我が開拓地の名産品です。ごく少量しか採れぬ、魔力結晶の粉ですが、今回は特別に、ロネス男爵への贈り物として持って来たのです」

「おほー！　これは素晴らしい！　いや、良いものだ！　どれ」

粉を指先に取り、ペロッと舐《な》める男爵。

「あっ!!」

ナオが驚いて跳び上がりかけたので、肩を掴んで押さえておく。

マルコシアスのフンを舐めたくらいで驚くではない。

「で、でも先輩ー！　あれってマルコシアスのフ――」

「静かにしたまえナオ」

私の指先が、ナオの脇腹をつつく。

「ふひゃっ」

くすぐったさに、ナオが身をよじった。

しばらくこれで、意味のある言葉を口にできまい。

「なるほど、ジーン殿のお気持ちはよく分かった！　おれもバウスフィールド伯爵家は気に入らぬ身。貴君と利害が一致するであろう。これより、陛下へ開拓の進捗を報告に行くのであろう？　俺が貴君を守ると約束しよう！　……その代わり、な」

「ええ。これらの名産品を、ロネス男爵家へと輸出することをお約束しましょう」

「ありがたい！」

私と男爵は、固く握手を交わしたのだった。

△△△

本日の宿である、男爵家の客間。

トーガとシーアは、高級な椅子に腰掛けて首を傾げていた。

「これ、体が沈み込むよ。気持ち悪い」

「椅子は硬くなければダメだろう。なんだこれは。すぐに立ち上がり、戦うことができないじゃないか」

そのようなことを言っていた彼ら。

私が戻って来ると、すぐさま立ち上がった。

「戻ったかジーン！　その様子では、男爵とやらは手懐けられたようだな」

「手懐けたとは人聞きが悪い。ロネス男爵という人間は、利に敏《さと》い。私が利益をもたらす存在であると示せば、必ずこうなることは自明の理だった。もっとも、私が知らない所で、彼からの印象が良くなっていたようだったが」

「聞いて聞いてシーア！　あのね、ロネス男爵がね、マルコシアスのフンをペロッと」

「えーっ⁉　魔狼のフンを⁉　お、お腹《なか》こわすーっ‼」

「もうもう、思い出したら笑えてきて……ぷくくーっ‼」

我が一行の女子二名が、高級絨毯《じゅうたん》の上で笑い転げ始めた。

何を笑うことがある。

「二人とも。乾燥して粉末化したマルコシアスのフンに、体調を崩す作用がある毒素の類は入っていないことは確認している。マルコシアスのフンは食べてもいいのだよ」

私が詳しく説明したが、女子たちの笑いは一層激しくなり、しばらくやむことは無かったのだった。

謁見カウントダウン

王都までの旅路は、ロネス男爵の助けを得たこともあり、何事も無く進んだ。

我々は王城クリスタルケルプへと到着し、開拓に関する報告を行う運びとなったのである。

「おい、ジーン。いつまで待たせるつもりだ」

「各地の諸侯《しょこう》が集まるのだ。一週間はかかる」

「一週間!?　それほどの時間を人間どもの村で過ごさねばならんのか……！」

ここは、我々に与えられた王宮の一室。

この半月ほど、人間の世界を旅していたトーガは、フラストレーションが溜《た》まっているようだった。

「トーガさんって、エルフで長生きなのに結構気が短いですよね」

「それはそうだよ。だって、兄さんも私もまだ百年ちょっとしか生きてないもん。成人して少しなんだから、落ち着きを求められてもねー」

「ひえー！　百年！　わたしなんて、先輩に命をもらわなかったら、一年くらいしか生きられないところだったんですよー」

「ひええ！　一年！　水の外のお魚みたいに一瞬じゃない！　命をもらって良かったねー！」

お互いの二の腕をぱたぱたと叩き合う、ナオとシーア。

「すっかり仲良しになってしまった。これは計算外だった」

ナオは、ジーン・ビブリオス騎士爵の臣下《しんか》。

ワイルドエルフの二人は、エルフ側からの賓客《ひんきゃく》という扱いである。

見張りの兵士を伴えば、ある程度自由に城の中を歩き回れる。

ということで……。

「先輩、わたしたち、ちょっとお城の中を見てきますね！」

「人間って、魔法も使わずにこんな石の家を造ってるの？　苦労するのが好きなの？」

「ふっふっふ、それは建築学が専門のわたしが教えてあげましょう！」

二人は部屋の外へと飛び出して行ってしまった。

「二人きりでは心配だな。マルコシアス、二人に付いて行ってもらえるか？」

『その質問に答えよう。いいとも』

突然私の隣に、翼を生やした魔狼が出現する。

彼はトカゲの尻尾を上機嫌に振ると、ナオとシーアを追って部屋の外に走って行った。

外から兵士たちの悲鳴が聞こえる。

「お、おい。こんな所に魔狼を呼び出していいのか？」

「マルコシアスを伴っていることは、国に伝えてある。この国の王は少々愚かだが、学術や文化に対してはとても寛大だ。かの悪魔が我が領土の開拓に深く関わる資源であり、過去を知るための生きる資料であると伝えたら、我々の管理下にある限りは自由にして良いと許可をもらったぞ」

大臣のカツオーンは反対していたがな。

こういう時の決定は、ツナダイン王が頑《がん》として譲らない。

「寛大なのか馬鹿なのか分からんな……。しかしお前、王とは自分の主であろう。それを愚か呼ばわりするのか」

「真実だからな。王の前では言葉を慎むが、個人的な空間で言葉を飾る意味は無い」

「お前が我らの森までやって来させられた理由が分かった気がする」

何が分かったと言うのか。

□□□

「サッカイサモン公爵様、ご到着！」

門をくぐって、仰々《ぎょうぎょう》しい一団が入って来る。

紅の旗が翻《ひるがえ》る。

それを見下ろす我らである。

「大勢でやって来たものだな。あの旗には魚が描かれているようだが」

「サッカイサモン公爵だ。セントロー王国一の貴族であり、王家の血筋に連なる。ツナダイン王が亡くなった場合、サッカイサモン公爵が次の王となる」

「ふん。聞くからに争いを呼びそうな輩じゃないか。人間どもは、血筋とやらを大事に崇《あが》め奉《たてまつ》り、それを巡って争うのだろうが」

「確かにな」

続いて、公爵家の後から伯爵家がやって来る。

「バウスフィールド伯爵様、ご到着！」

黒い旗を翻してやって来る彼ら。

来たな、クレイグ。

我が腹違いの弟は、さぞや金をかけたのであろう、高価そうな装束を身につけて歩いている。

実に不満げな顔だ。

派遣した冒険者は戻って来ない。他の貴族たちとの賭けには負ける。

私が生きていると聞いて、彼の苛立ちはかなりのものだろう。

「ジーン。あの男、闇の精霊を連れているな」

「闇の精霊？」

「生半可な……お前たちの言う魔力感知か？　それでは知れぬよう、気配を隠蔽《いんぺい》させてはいるがな」

「ほう」

試しに魔力感知を使用し、クレイグを見る。

何も見えんな。

むしろ、クレイグを囲むアーティファクトから魔力を強く感じる。

「手乗り図書館、呼び出しを掛ける。魔力感知できない魔法的な存在を選定」

何パターンかの提示がされるかと思ったが、今回は意外なことに、検索結果は一件だけだった。

「シャドウストーカー。魔法によって形作られた暗殺者……。やる気だなクレイグ」

私は、彼がどれだけ本気であるかを察する。

そして、魔力感知ですら捉えられない魔法生物を、容易に発見してしまうトーガの目にも驚きを覚える。

「トーガ。ワイルドエルフの魔力感知能力というものは、皆それだけ優れているのかね？」

「俺が特別なだけだ。俺はかすかな痕跡だろうと、精霊を見通すことができてな。この目があるからこそ、お前の監視役につけられたのだ。いないように見えても、常に俺はお前を見張っていたぞ」

「それは恐ろしい。だが、今はそれが心強くもあるな。あの時、君と出会えていたからこそ、私はクレイグの企みに気付くことができたのだ」

「ふん。お前は本当におかしな男だ。……それで、この後もああいう、手下を引き連れた偉そうな人間が続くのか？」

「ああ。これから数日間は、ああいう行列を見続けることになるだろう」

「全く……。人間は何が楽しくて、あんなことをしているのだかな」

ワイルドエルフは、呆れてため息をつくのだった。

報告

謁見の間。

ずらりと揃った貴族のお歴々が、私を値踏みするように見つめている。

ツナダイン三世が現れると、誰もが跪《ひざまず》く。

だが、その中で二名、棒立ちのままでいる者がいた。

「ふん」

「あれが人間の長なのねえ」

ワイルドエルフの兄妹、トーガとシーアだ。

彼らの存在に気付き、謁見の間がざわめきに包まれ始める。

王の後ろに控えていた、親衛隊が駆けつけて来た。

「貴様ら、控えよ！　王の御前である！」

力ずくで二人を押さえようとするが、その瞬間、床が盛り上がって親衛隊をつまずかせた。

突如、横殴りに強い風が吹き付け、彼らをさらに打ち倒す。

「お、屋内で風が!!」

「なんだこいつら!?」

慌てて立ち上がる親衛隊。

だが、それを大臣のカツオーンが止める。

「待て。それなる者は、人の理《ことわり》の外にある者。ワイルドエルフからの使者である」

「ワイルドエルフ……!!」

「あれが噂に聞く……？」

「ただのエルフと変わらぬではないか」

「いや、身につけているものが原始的ではないか？」

「それに、部屋の中だというのに自在に魔法を使ってみせた」

「ジーン騎士爵が彼らを連れ帰ったというのか」

私が立ち上がるよう、指示される。

「ジーン騎士爵。報告をせよ」

私は頷き、周囲を軽く見回した。

ロネス男爵と目が合い、彼はぐっと親指を立ててくる。謁見の間でいい度胸だ。

そしてクレイグ。

視線に力があれば、たちまち私を殺してしまうであろう目つきで睨んでくる。

「俺が闇の精霊を見張っている。気にするな」

トーガに、私は頷き返した。

そして、手乗り図書館を展開させる。

「分かりやすく、図示しながら説明をします」

図書館を軽くタッチすると、眩《まばゆ》い光が漏れた。

拡大された記録のページが、一度に何枚も飛び出して来た。

どよめきが周囲に満ちる。

そこに記録されているのは、私がスピーシ大森林において行ってきた開拓の日々である。

新たな発見、得られたデータが詳細に記されているため、見る者が見ればこれが重要な資料たり得ることは理解できよう。

「スピーシ大森林において、第二十三調査隊が発見したリターン川に拠点を置きました。その中で、第二十七調査隊が記録を残している大木が、何者かによって折られており……」

大臣カッオーンは無言で私を見つめている。

対して、ツナダイン三世は興味深そうに、何度も頷いているのだ。

「あの王様、結構こういうことに興味あるんですねえ」

しみじみとナオが呟く。

そうなのだ。

こと、政治的判断については素人同然の王ではある。

だが、学問や文化に対する知見や理解は大変深い。

「ほうほう!! 報告にもあったが、そなたはまことに、あのマルコシアスを従えたというのか!」

「はっ。かの悪魔からの申し出もあり、契約を結びました」

「お待ちください!! よりによって、五百年前に国土を焼いたというあの悪魔と、ジーンが契約を!? 危険過ぎる!」

突然、声を上げた者がいた。

振り返ると、クレイグが目を剥いている。

「陛下から離れろ、騎士爵! さては貴様、契約した悪魔を用い、王位を簒奪《さんだつ》するつもりであろう!!」

あまりと言えばあまりの物言いに、普段は優しいナオが怒り立ち上がる。

「伯爵様、バカなこと言わないでください!! あと、謁見中になんか言うのだめですよ! ルール違反です!」

「なっ、なっ……!!」

突然反論され、驚愕するクレイグ。

「言葉遣いはどうかと思うが、概ね同意見だ。私の発表を聞きたまえ、バウスフィールド伯爵」

「貴様、伯爵に向かってその口の利き方は……」

「下がれ、伯爵」

命じたのは、ツナダイン三世である。

クレイグは怒りに顔を赤らめ、歯ぎしりをした。

だが、国王の言葉に逆らうことはできない。そのまま無言で、貴族たちの中に埋没《まいぼつ》する。

「バウスフィールド伯爵が危惧された件は確かにあるでしょう。ですが、それに関しての安全性は私が実証しております。現れよ、マルコシアス」

私が呼ぶと、突如その場に、翼を生やした魔狼が出現した。

どよめきが満ちる、謁見の間。

親衛隊が武器を握りしめ、緊張した。

マルコシアスは、退屈そうに彼らを眺め回している。

そこへ、ナオがやって来た。

「マルコシアス、お手してもらっていい？」

手を差し出す。

魔狼は私に、確認の視線を投げかけてきた。この問いに答えていいか、という確認であろう。

「構わない。質問に答えてやれ」

『契約者の了承を得て、その質問に答えよう。良かろう』

マルコシアスは厳《おごそ》かに答えると、ナオの手のひらに前足を乗せた。

「ほう……！」

「ほう!!」

カツオーンとツナダイン三世が、感嘆の息を漏らす。

「記録にもありました通り、マルコシアスは知の側面として顕現《けんげん》しております。我々が彼に対して暴力で問いを投げかけぬ限り、このように牙を剥くことはありません」

「見事!!」

王はそう発すると、立ち上がって拍手をした。

「開拓を始めることに成功したのみならず、歴史に刻まれた、国土を焼いた悪魔を発見し、従わせるとは！　あっぱれなり、ジーン・ビブリオス騎士爵！　……そうだ！　そなたに特別に、余がこの称号を贈ろう。そなたはこれより、騎士爵であり、辺境賢者である！」

「陛下!?」

カツオーンが目を剥いた。

ということは、このツナダイン王の決定はアドリブなのであろう。

彼は興奮に頬を紅潮させ、鼻息を荒らげている。

いつもは大臣に従う彼が珍しい。

私が行った発表は、ツナダイン三世という生物の習性を見事に突いたようであった。

となれば、次に私が行うべき動作は決まっている。

「称号、ありがたく頂戴いたします」

カツオーンが口をパクパクとさせる。

謁見の間で行われることは、決定事項である。

これに異を唱えるなど、あろうはずがない。

故に、この瞬間より、私は前代未聞の存在……騎士にして辺境賢者となった。

「先輩、バウスフィールド伯爵が悔しがってます。めっちゃ悔しがってます」

大丈夫だナオ。

言われずとも、あいつの顔くらい想像できるさ。

襲撃と備え

〝次なる報告にて、より以上の進展を見せれば、ジーン・ビブリオス騎士爵を准男爵へ任ずる〟

謁見の最後に、そんな国王からの言葉を頂戴した私である。

これには、カツオーンも呆れ顔で同意する。

事実、王国の歴史に記されている伝説の悪魔を従えたということで、それなりの褒章《ほうしょう》を与えようという話にはなったのだ。

それが、次の報告の如何《いかん》によって、一代貴族ではない爵位の提示と、開拓のための資金の追加だった。

「順調だ。まさかこれだけの結果を出せるとは思ってもいなかった」

荷物をまとめながら、私が呟く。

すると、ワイルドエルフの兄妹が訝しげな顔をするのだ。

「地位というものを与えられて、どうだと言うのだ？　年経て力を得れば、従う者はおのずと現れるだろうが」

「だよねえ。私、未だに貨幣っていうのも意味が分かんないんだよね。精霊力も微弱な、金属を磨いたものじゃない。それだって大して精度が高くないし。あれよりは、黒い谷に住むダークドワーフの方が腕がいいでしょ？」

「シーア！　奴らの話をするな！　地の底で燃える岩を使う連中など、口にするだけで森が焼け焦げる」

おっと、独特の言い回しだ。

それに、ダークドワーフとは？

我々が街で見かけるドワーフとは、全く別物なのであろうか。

ワイルドエルフはスピーシ大森林の住人だとされていたが、それは表層だけの話なのだろう。

この秘境には、人類が未だ知らぬ種族やモンスター、あるいは大自然が眠っているのではないか。

「先輩が鼻息を荒くしてます！　記録したいですよね？　わたしが代わりに準備しますから、手乗り図書館出しちゃっていいんですよ？」

「そうか。すまんなナオ。感謝する……‼」

私は早速、トーガとシーアの会話を記録し始める。

音声で記録した後、解析して文章に起こすのである。

「またお前は……。物珍しいことがあると、いつもその白い建物を呼び出す。……時に、さっきから思っていたのだが、その腰に下げたものはなんだ……？」

「ああ、これか」

トーガが言ったのは、私が腰から下げている袋である。

「これには、マルコシアスのフンを乾燥させたものが入っている。この粉末が、魔力に反応してその効果を大きくすることは話したと思うが」

「ああ。魔狼め、排泄物まで世の理《ことわり》を狂わせるとは。恐ろしい化け物だ」

「次に、君がクレイグを見た時に発見した、闇の精霊とやら。即ちシャドウストーカーだが、これは調べた結果、金属粉を魔力によって、人の形に練り上げたものであることが分かっている。つまり、実体が無いようなものなのだ」

「なんだ、精霊そのものを受肉させたものではないのか。我らはそれを妖精と呼んでいるが」

「そこは、精霊魔法に一日の長があるな。人間の技術は、他の物質を媒介して魔力を擬似的に受肉させるのがせいぜいだ。そしてそれらは、とても不安定なのだよ。シャドウストーカーと言えど、例外ではない」

「あれっ。じゃあ、廊下とか窓にばら撒いてあるの、魔狼のフンなの？」

「シーアも気付いていたか。クレイグの襲撃に備えてあるのだよ。敵の手の内が分かってしまえば、恐ろしいことなどないからな。こんなこともあろうかと、想定される全ての侵入経路に粉末を撒いている。この粉末、新しい呼称を考えたのだが、魔狼粉ということでどうか？」

「心底どうでもいい……！」

トーガが呆れ顔を見せた時だ。

我々の傍らの窓が、砕け散った。

「なんだと⁉」

「何か入って来た⁉」

トーガとシーアが身構える。

早速の襲撃であろう。

まさか、謁見の間で私を襲わせるわけにはいくまい。

しかし、クレイグは憎き私に、顔に泥を塗られた形である。

性格の悪いあの男のこと。復讐せずにはいられまい。

窓を破って侵入してきた何者かは、姿がよく見えない。

そこだけ、風景が僅かに歪んで見えるだけだ。

それは窓を乗り越え、床に降り立とうとした。

不意に、不可視であった侵入者が点滅した。

透明から、影のような色合いに。そしてまた透明に。

「先輩、なんか見えるんですけど！　っていうか、魔力感知でバリバリに見えます！」

「うむ。シャドウストーカーは己の魔力を隠蔽する、暗殺のための魔法生物だ。特殊な金属片を媒介として受肉しているが、言わば魔力が剥き出しの姿をしている。そこに、魔力を増幅するなど、強い働きかけを行う魔狼粉が撒かれていたらどうなると思うかね？」

「うーん」

ちょっと考えるナオ。

「お前ら！　こんな時まで問答をしているんじゃない!!　……いや、なんだ!?　敵の動きが止まった」

「そう。肉体を構成する魔力に乱れが生じる。シャドウストーカーは、厳密な魔力量の計算によってその肉体を作られているのだよ。そこに、過剰なほど魔力を増幅してやればどうなるか」

窓際に立つのは、歪《いびつ》な人の形をした存在である。

それこそがシャドウストーカー。

意思など無く、命令に従うだけの人形であるそれが、膝を突き、顔を覆ってのたうち回る。

「諸君、見たまえ。最強の暗殺者と言われるこの魔法生物すら、正体が分かってしまえばどうということはない。彼の弱点は、魔力量の乱れであり、こうして一つまみの魔狼粉を振りかければ……」

腰の袋から、僅かな魔狼粉をつまみ出す私。

それを、シャドウストーカーの上へと落としていく。

すると、粉に触れた端から、魔力で構成された肉体が爆《は》ぜ、砕け散っていくではないか。

「許容量を超えた魔力は、本体を破壊する」

「はい先輩！　錬金術の基本ですね。過ぎたるはなお、及ばざるが如し。事は必要量ちょうどを以て成すべし。わたしも教わりました！」

「そう、その通り！　ではナオ、ここからは実践だ。君に魔狼粉を一掴み与えよう。廊下に撒いておいた粉に、他のシャドウストーカーが掛かっているはずだ。駆除《くじょ》して来たまえ」

「まだいるんですね！　はい！　分かりましたー！」

ナオは元気に返事をすると、魔狼粉を握りしめて飛び出して行った。

「あ、ちょっと待ってナオ！　もうー！　走ったらまた転ぶでしょー！」

慌てて、彼女を追いかけていくシーア。

「……全て読んでいたというわけか？」

私に問うトーガ。

「読むも何も。情報が集まれば、次に何が起こるのかは自明の理というものだよ。後は、起こり得る事象に備えればいい。既知の出来事に対しては、これで全て対応ができる。さて、我々も他にシャドウストーカーが来ていないかを確認するぞ。場合によっては、この珍しい魔法生物の残骸などが手に入るかもしれない！」

「実利を兼ねているというわけか……。お前らしい」

もちろんだとも。

賢者たち

襲って来たシャドウストーカーは、合計で三体に及んだ。

これは、通常の標的であれば、一国の王であろうと殺してしまうような備えである。

そもそも、手乗り図書館の記録によれば、シャドウストーカーの作成と行使は悪魔召喚に連なる、禁断の魔法である。

私が存在を知らなかったのも無理はない。

「これをクレイグが使ったか。奴の周りに、こういう魔法を使う何者かがいるのかもしれないな」

私が考え込むと、横でナオが、はいっと言って手を挙げた。

「シャドウストーカーが悪魔召喚と同じようなのなら、マルコシアスを呼んだのもクレイグなんじゃないですか？」

この意見に私は、はっとする思いだった。

なるほど。シャドウストーカーの作成も、悪魔召喚も、世に知られていない魔法である。それが偶然、私の周りで二度起きた。

同一の人物に引き起こされた事件であると考えると、分かりやすい。

「トーガ、マルコシアスが現れてから、十年だったな？」

「ああ。そうなる」

十年前と言えば、我が父が死んだ年である。

バウスフィールドの家が、正式にクレイグのものとなった時期に重なる。

偶然の符合であろうか？

「いや、自然環境に無為の偶然はあれど、人と魔法が接するものに偶然の一致は少ない。マルコシアスの召喚にも、あの男が一枚噛んでいるとみていいだろう。クレイグはマルコシアスを呼び出し、五百年前のエイジャー男爵と同じく、その力を自らの権力のために使おうとしたのではないか？」

この場には、私の推測に答えられる者はいない。

だが、ナオは私の手を握りながら、深く頷いた。

「調べましょう、先輩！　……開拓の方もしながらですけど」

「そうだった。さて……どうしたものか」

「ジーン、考えるのは動きながらでもいいだろうが。ほら、シーアが馬を連れて来たぞ」

「ゴンドワナです」

ナオが、トーガの馬呼ばわりを訂正した。

向こうから、荷馬のゴンドワナと、横に並んでマルコシアスがやって来る。

今まさに、我々一行は旅立つところだった。

来た時と同様、ゴンドワナとマルコシアスに引かせた荷車に乗り込む。

幌《ほろ》付きだが、あまり大きくはないため、四人乗り込むとぎゅうぎゅうだ。

途中で、新しい荷馬を補充し、一回り大きな荷車を買わねばならない。

やるべきことはいくらでもあるのだ。

だが、そんな時ほど邪魔が入るものである。

「待て、賢者ジーン!!」

城を出た往来で、呼び止められた。

だが、呼び止められたところで馬は急には止まらぬもの。

そもそも止める気が無い私は、ゴンドワナをどんどん進ませた。

「こら、こらこらこら！」

声の主は、慌てて私を追って来る。

複数人だ。

ちょっと走っただけで、ぜいぜい、はあはあと息を切らしている様子である。

ふむ、これはもしや。

「賢者の塔のお歴々かね？」

私が誰何《すいか》すると、「そ、そうだ！」と肯定の返答がやって来た。

彼らは幌の前方に回り込む。

流石《さすが》に、私は馬を止めることになった。

そこには、慣れぬ運動で額に玉の汗を浮かべる賢者連中がいる。

彼らは私を見て、それからナオに目線をやった。

「やはりいたか！」

「おい、賢者見習いナオを連れ戻せ！」

ナオがむくれて、私にしがみつく。

「こら、そんなに密着しては馬車が操れないではないか。むっ、柔らかいものが当たった」

「当ててるんです！　っていうか、わたし、先輩の家臣に就職したんですけどっ」

後半の言葉は、賢者連中に向けられたものである。

「ならん、ならんぞ！　お前は賢者の塔の所有物だ！　お前を使って調査せねばならん案件がめじろ押しになっているのだ。我々がどれだけ迷惑したことか！」

「それはそっちの事情でしょう！　わたし、先輩と一緒に行くって決めたんですー！」

「だめだだめだ！」

ナオに掴みかかって来ようとする賢者たち。

私は、彼らの腕を少々乱暴に払い除《の》けた。

「うわーっ」

賢者の塔の住人たちは、基本的に非力である。

ぺたんと路端に尻餅をつく、数人の賢者。

「あなた方も知っているであろうが、今や私も、国王から辺境賢者の名を与えられた者である。さらには、騎士爵の地位も持っている。私には臣下を雇い入れる権限がある」

「ぐぬぬ」

賢者たちが怯《ひる》む。

やはりか。

彼らは、私が師事したり、研究会に潜り込んででも教えを請おうとした真の賢者たちではない。

権力にはひれ伏し、他人の研究成果は奪い取り、元ホムンクルスであるナオの権利など、露ほども考えていない連中だ。

「賢者の塔は、ナオを賢者見習いとしたはずだ。意見を出すなら、彼女の師である建築学と錬金術の賢者、トラボー殿にその資格がある」

「あの偏屈が、外に出て来るわけがあるまい！　ええい、四の五の言わずにホムンクルスを返せ!!」

「ホムンクルスではない。ナオは賢者見習いであり、私の家臣である。そして私の後輩である」

ナオが嬉しそうな顔をした。

肘で脇腹を突いてくるのはやめなさい。

私に向けて、歯ぎしりをする賢者連中。

天下の往来で、荷馬車を囲んでこのようなことをやっているのだ。衆目が集まってくる。

賢者の一部は、注目に耐えきれず、一人、また一人とその場を立ち去って行く。

「賢者ジーン！　お前、これは重大な賢者の塔規定の違反で……」

「私は既に、賢者の塔に所属してはいない。それに、あそこは去る者は追わず、という規定があったように思うが？　ナオが去ったのなら、それを連れ戻す権利は誰にも無い」

残った賢者連中は、顔を真っ赤にして怒る。

この顔を見て思い出した。

彼らは、私が手乗り図書館を発現させた時、露骨に嫉妬した者たちである。

そして手乗り図書館が、私固有の術式であると判明した時、声を大にして嘲ってきた者たちだ。

「諸君が賢者であるならば、ただ一人の賢者見習いがどこに行こうと構っている暇はあるまい。己の研究に邁進《まいしん》し、一つでも研究成果を挙げるよう努力すべきだと思うが？　いや、このビブリオス騎士爵は寛大だ。あえて我が領土、スピーシ大森林に挑み、フィールドワークで研究成果を挙げようと言うならば私は歓迎しよう。付いて来る者は？」

私の問いかけに対し、賢者たちは口を引き結んで後退《あとずさ》った。

さきほどまで賑《にぎ》やかだったのに、急に静かになってしまう。

皆、ちらちらと視線を交わし合い、真っ赤だった顔から一気に血の気が引いていく。

なんのことはない。

スピーシ大森林に、誰も行きたくないのだ。

怖いのであろう。

であれば、彼らは真の賢者ではない。

「あれも駄目、これも駄目では話が通らない。どきたまえ。我々は領地に帰るところだ。それとも、身を以て悪魔マルコシアスの力を体験し、自身を教材とするかね？」

　私の言葉を聞いて、賢者たちは真っ青になった。

　そして、一斉にマルコシアスを見た後、蜘蛛《くも》の子を散らすようにいなくなってしまったのである。

「……なんだったのだ、今の連中は」

「口ばっかりだったねえ」

　トーガとシーアの感想については、その通り。

　それよりも今は、新しい問題が立ち塞がっている。

「むふーっ！　ありがとうございます先輩!!　わたし、先輩についてきて本当に良かったです!!」

「やめたまえナオ。あまりにもくっつかれて、身動きが取れない……！　くっ、スーパーベビー級とばかり思っていたが、捕縛する力は魔族の血が混じる私を、完璧に捕らえるほどだと……!?」

　その後、ナオの束縛から逃れるために、しばし時間を割いたのである。

第四章　帰還の賢者ジーン、あるいは魔境を治める者

追跡者

市場で新たな荷馬を買い付ける。

「ゴンドワナのお嫁さんが欲しい！」

ナオがそう宣言する。

だが、市場に並ぶ馬は発情期ではないようで、ゴンドワナが近づくと歯を剥き出して威嚇《いかく》される。

「これは駄目だな。ゴンドワナもしょんぼりしているではないか」

「うーん、残念」

「だが、そのうち発情期になればゴンドワナに心を開いてくれるかもしれない。間にマルコシアスを挟んで馬車を引かせるということでどうだろう」

「そうしましょう‼　やったー！　お嫁さんができるよ、ゴンドワナ！」

ということで、牝馬《ひんば》を手に入れた。

その他、開拓に必要そうな資材を諸々《もろもろ》。

ナオは早速、新しい馬をぺたぺた触っている。

うんうんと唸っているから、名前を考えているのだろう。

ゴンドワナが寂しげにいななく。すると、ナオは慌ててゴンドワナの所に戻って行った。

　これを見て、シーアが彼女の隣に並んだ。

「ナオって、結構動物が好き？」

「大好き！　だから、実験動物を見ると胸がずきずきしちゃって駄目なんですよね」

「そうなんだー。でも、だから馬が懐いてるんだねえ」

「うんうん。なんかね、わたしの子供みたいで可愛いんです。まあわたし、子供時代がないホムンクルスなんですけど」

　二人でお喋りが盛り上がっているところ悪いが、我々にはさほど時間が無い。

「二人とも、会話の続きは道すがら行って欲しい。バウスフィール伯爵からの追っ手が、いつ来るとも限らないのだよ。さあ、新しい馬を繋《つな》いだら出発だ」

「はーい！」

「分かったー」

「うむ」

　最後に、トーガが大きな包みを抱えて現れた。

　あれはなんであろうか。

「これはな、鏃だ。森では金属が手に入りにくいからな。この鏃を用いることで、俺が使う必中の矢の威力が上がるのだ。次からは魔狼にだって負けんぞ……！」

　トーガが燃えている。

　かくして、彼は荷馬車の後ろで、新しい矢を作り続けることになったのだった。

　我らは王都を抜け、街道をひた走る。

ロネス男爵領まで入ってしまえば、クレイグの手も及びにくくなる。

だが、我々は荷馬車での旅である。

相手が馬に乗って追って来れば、逃げ切れるはずもない。

「ジーン、追っ手だ。馬と人がそれぞれ六」

いち早く、クレイグの手の者を発見したトーガ。

「ああ。こんなこともあろうかと、備えている。これを使ってくれ」

私がトーガに手渡したのは、先が丸められた矢である。

鏃の先端は空洞になっており、使用されているのは鉛である。

「なんだこれは？　これでは敵を貫けないではないか」

「君の必中の矢とやらの精度によるが、貫くのではなく相手を殴るための矢だ。空気抵抗が大きいため、さほどの速度は出ないが……これなら馬を傷つけずに済むだろう？」

「馬を傷つけない……？　まあいい。こいつは先端に軟らかい金属が使われているのか。こういうものもあるのだな……」

「さきほど、幾つかの資材を買い込んでいてね。即席で作ってみた。十本ほどしか無いが」

「十分だ。行くぞ。風の精霊よ、シルフよ。俺の言葉を聞け。狙いは六つ、風を切り裂いて飛べ」

トーガは詠唱しながら、両腕で泳ぐような仕草を見せた。

すると、ふわりと矢が六本浮かび上がる。

「行け、必中の矢!!」

宣言と同時だ。

六本の矢が放たれた。

それは猛烈な勢いで追っ手に向かうと、彼らの頭や胸に当たり、打撃音が響き渡る。

当たった瞬間、鏃は潰れて平たい金属の板になる。

相手は、金属の板で殴りつけられたような状態になる。

それは矢が突き刺さる威力を、衝撃として面で受けることになるわけだ。

「ぐわあっ」

「んがっ」

悲鳴を上げながら、追っ手が馬上から吹き飛んだ。

あるいは鐙《あぶみ》に足を引っ掛けたまま、落馬しかける。

乗り手を失った馬は、一つ、二つ……。

三頭か。

その三頭は勢いのままに走り続け、我々の後を付いて来る。

しばらく走り、荷馬車に並んだところで、彼らは乗り手がいなくなっていることに気づいたようだ。

馬の速度が落ちる。

「やったー！　馬が三頭も増えたましたよ！　名前どうしようかなあー」

大喜びするナオ。

「ジーン、あの矢はいいな。馬に乗った者を一撃で崩すことができる。大きな獣であっても、矢に速度を与えれば無視できぬダメージを残せるだろう」

「そうか、使い道があって良かった。これは手乗り図書館が見せた未知の知識の一つでね。物によっては、敵の体の中で潰れて、確実に倒す、ということもできるらしい」

「それは、あえて苦しませて殺すという武器か。恐ろしいな……」

「いや、これも、貫通に使うエネルギーを相手の体の広範囲に伝え、行動力を奪うという点では人に優しくはない矢だがね。通常の矢ならば一撃で倒せない相手も、衝撃で動けないようにしてしまえば恐ろしくはない」

「俺はお前がちょっと恐ろしいぞ」

そのようなことを言われつつ、我々は旅を続けた。

途中途中は、野営である。

エルフのサバイバル技術を活かし、追っ手から見つかりにくいよう、街道を外れた林の中などで宿泊する。

何度か追っ手をやり過ごし、やがてロネス男爵領が見えてきた。

この領地を越えれば、実に一月半ぶりとなるスピーシ大森林が待っている。

開拓地はどうなっていることであろうか。

「森の匂いがする！　兄さん、森が近いよ！」

「ああ。全く、人間の世界は臭くてかなわん！　早く森の空気を胸いっぱいに吸い込みたいものだ」

エルフの二人が盛り上がる。

彼らにとっては、魔境の大森林であっても故郷なのだ。

私とナオが、人里にいると安心するのに近いだろう。

「あー、ほら、喧嘩《けんか》しないでローラシア！　ゴンドワナが困ってるでしょー。マダ、ガス、カル！　みんなもちゃんとついてきてくださーい！」

全てナオが命名した馬の名である。

どうしてそんな、不思議な名前にするのだか。

ナオに言わせると、

「なんか浮かんでくるんですよね！」

ということだった。

このネーミングは、彼女が得た魂に由来しているのかもしれない。

その点は興味深い。

開拓の合間に、ナオを調べてみても良さそうである。

さて、出迎えのロネス男爵の部下たちが待っている。

ここから先は、ようやくベッドで眠ることができそうだ。

旅程

ロネス男爵領に到着してから、これまでの旅程を振り返る。

まず、クレイグからのシャドウストーカーによる襲撃。

そして、これを撃退したと見るや、旅立った我々に差し向けられた追っ手。

彼らは明らかに、こちらを殺すつもりであっただろう。

「ジーン。この土地の周囲にも、お前の弟の手の者がいたぞ。作った矢が、すっかり無くなってしまった」

トーガの報告を受け、頷く私である。

クレイグの奴め。

どれだけ執念深いのか。

禁断の魔法生物に、少なからぬ数の追っ手。馬まで用意し、さらに伏兵までいるとは。

かなりの金が、伯爵家から動いているとみていいな。

「伯爵、本当に先輩のことが嫌いなんですねえ」

「それはそうさ。私は血筋だけなら、バウスフィールド伯爵家の長男だからな。クレイグだけではない。あいつの母であるカーリーも、権力闘争の原因になり得る私を危険視しているのだろう。私が開拓において成果を挙げ、陛下の覚えがめでたくなったならば、なおさらだ」

「あー、先輩に、伯爵の地位を取られちゃうって思ってるんですね。そんなことあるんですか？」

「無いな。私は騎士爵としての地位を与えられたし、この後の功績によっては準男爵への昇格もあり得る。だが、家格として準男爵が伯爵位を得ることは難しかろう。そして私の領土である開拓地、スピーシ大森林は、バウスフィールド伯爵領とは遠く離れているのだ。彼らが国家に反逆するレベルの過ちを犯さない限り、かの家が私の手に転がり込むことはあるまい」

「そうですよねえ」

ナオが同意する。

「例えば、マルコシアスを呼んじゃって、王都を焼いたとかそういう次元じゃなきゃ」

「そういうことだ。王都を焼いた、かの悪名高き伝説の悪魔を召喚するなど、だな。……ん？」

「あ」

私とナオは顔を見合わせる。

つい先日、クレイグが使ったシャドウストーカーは、悪魔召喚と並ぶ禁じられた魔法で作られていると話し合ったばかりである。

故に、バウスフィールド伯爵家にはそういった魔法の使い手がおり、彼が悪魔召喚を行った可能性もある、と。

そういう話になっていたはずだ。

「先輩が生き残ったら困る、伯爵」

ナオが指を一本立てる。

「マルコシアスが召喚されたことを知られたら、困る誰かさん」

もう一本の指が立つ。

「割と同じ人っぽくないです？」

「憶測のみで断言はできないが……確かに怪しいな」

ナオの想像が真実に近いならば、クレイグが執念深く追っ手を差し向ける理由にも納得がいく。

奴は私を消したくて堪《たま》らないのだ。

少なくとも、私が大森林へと追放された時以上に、彼の中で私を消したいモチベーションは高まっていると言えよう。

「ロネス男爵領を抜けても、油断はしない方がいいな。まさか、一番安心できるのが我が開拓地とは」

「森は、我ら試練の民の世界だ。人が近づけば、たちまちのうちに仕留めてみせるぞ」

トーガが自信ありげに言った。

彼の精霊魔法があれば、不意でも討たれない限りは安心であろう。

□□□

ロネス男爵は、つい数日前に帰って来たばかりだった。

我々は彼の保護の下で、旅の垢《あか》を落とし、つかの間の休息を得た。

寝られるならいつまでも寝ているナオはともかく、ワイルドエルフのシーアがなかなか起きてこないくらいの疲労ぶりだ。

「シーアめ、たるんでいる」

いつものように早起きをし、弓の手入れをしているトーガ。

女子部屋から出て来ない妹に苦言を呈する。

「そう言う君は元気なようだが」

「俺は常に、戦いの中に身を置いているつもりで生きている。だが、たまに想定を超える変なのが現れるだけだ。魔狼とか、お前とか」

始めの頃、シーアに任せてちょこちょこと村に帰っていた時のことであろう。

現在我々が置かれている状況は、トーガにとっては想定内ということか。

頼りになる男だ。

我々は、女子が起きてくるのを待ちながら、男爵と会食を行った。

今後の男爵領との交易についてなどを話し合う。

こちらから出すものは、マルコシアスのフンを中心として、森の特産品など。

ワイルドエルフの許可をもらいながら、詳しい内容は詰めていかねばならない。

フンにせよ、あまり多く出しては価値が下がってしまう。

対して、男爵領からは日用品などが我々に送られて来る。

他に、ロネス男爵は領内の亜人たちに、我が開拓地へ向かう希望者を募ってくれているらしい。

ありがたい話だ。人手はいくらあっても足りない。

ある程度話が進んだところで、女子たちが起きてきた。

「おはようございまふ、先輩」

あくびをしながら挨拶してくるナオ。

寝ぼけながら着替えたようで、服が前後逆になっている。

慌てて、ロネス男爵付きのメイドが走って来て、隣室で着付けをし始めた。

「やー、思わず爆睡しちゃった。安心して眠れるのって大事だね……」

シーアの顔はスッキリしている。

やがて戻って来たナオと一緒に、朝食を猛烈な勢いで食べ始めた。

「時に、ビブリオス騎士爵」

「なんですかな」

「貴君の家も、そろそろ紋章を作っても良いのではないかな？　貴族として立った以上、あって困るものでもない」

ロネス男爵から、提案があった。

なるほど。

陛下から、私が今後、準男爵へ取り立てられる可能性が言及されている。

そうなれば、一代限りではない正当な貴族となるわけである。

ビブリオス准男爵家を象徴する紋章が無くてはいけない。

「次から次に、やることが出て来てしまうな」

「貴族とはそういうものだよ。民草には、安楽椅子にふんぞり返っているように見えるだろうが、我々には我々の悩みがある」

ロネス男爵はそう言って笑った。

再び森へ

ロネス男爵領を抜けた。

視界いっぱいに、懐かしき森が見える。

まさか、魔境スピーシ大森林を懐かしいと思う時が来るとは思わなかった。

「戻って来たー！　良かった、やっと森だよーう」

シーアが大騒ぎしている。

長い間人里にいたので、ストレスが溜まっていたのだろう。

トーガは何も言わないが、顔にあった緊張が取れてホッとしているのが分かる。

開拓地の方向からは、細い煙が上がっている。

炊事の煙であろう。あの場所で、冒険者たちが生活しているのだ。

我々がいない間、仕事はどれだけ進展したのだろうか。

ゴンドワナとローラシアが、どんどんと荷馬車を引っ張って行く。

乗用馬三頭は、大人しく後に続いて来る。

出発した時に比べ、大所帯になったものだ。

馬ばかり四頭増えたのだが。

「みんないい子だねー。ちゃんとついてきますよ！」

「ああ。乗用馬の三頭は、我々に付いて来るしかないだろうからな。しかし良かったのかね？　荷馬ならまだしも、乗用馬など森でどう使うのか」

「えっ、畑で使えないんですか？」

ナオがきょとんとした。

「ナオ。荷馬と乗用馬では、体の作りが違うのだよ。乗用馬は人を乗せて走ることを目的としている。早く、長い距離を走れる体だ。戦争にも使われるから、鎧を着て人を乗せられるだけの力もある。だが、農具をつけて畑を耕すには、また違った体の作りが必要なんだ」

「そうだったんですね……。知らなかった」

「ゴンドワナを見てみたまえ。足が太く、背が低いだろう。悪路であっても、畑の土の中であっても、問題なく歩き回れる作りをしている。速度は出ないが、その分どこでも安定して活動できるというわけだ。その点、ローラシアは荷馬であることだし、素晴らしい」

ローラシアの話をしたら、ゴンドワナがちょっとこちらを見た。

言葉が分かるのか、鼻を鳴らして嬉しそうにする。

「ゴンドワナはいい子ですねえ。後で、たっぷりブラッシングしてあげますからね」

ナオも笑った。

この、動物に好かれるホムンクルスは、一人で五頭の馬の世話をやろうとしている。

流石にそれは無理であろう。

馬の世話のために、我が開拓地の人員を補充することも考えるべきだ。

そのようなことを考えつつ、一ヶ月半の旅は終わった。

開拓地に到着したのである。

□□□

「お帰り、ジーンさん。畑が大きくなったぜ。大したもんだろう」

出迎えてくれたのは、元冒険者一行。

今では我がビブリオス領の領民となった、戦士マスタングである。

彼が指し示す通り、任せていた畑は二回りほど大きくなっていた。

既に作物が植えられており、芽吹いている。

これがどこまで育っていくのか、楽しみだ。

「あれは、エルフ麦だね」

「そうだよ。この距離から見てよく分かるなあ」

「私の専攻は生物学だからね。あの色と葉の張り、そしてこの森の土によく馴染むなら、エルフ麦だろう」

エルフ麦は、ワイルドエルフの集落からもらった作物である。

我々が知る麦とは、違った姿に改良された品種であり、ワイルドエルフの集落ではあちこちによく生えている。

彼らは畑を作るということをしないのだ。

つまり、ろくな手入れがされなくても実り、それなりの収穫を与えてくれる優秀な作物ということになる。

「芋はどうなっているかね？」

「あっちも順調だな。まあ、芋だからな。どこでも育つぜ」

芋畑に案内されると、そこは説明の通りだった。

エルフ麦と変わらぬ生育ぶり。

最初の作物として、その土地にマッチしたものを選択して正解だったな。

食料が自給できるようになり、余裕が出てきて初めて、収穫量に優れる既存の作物に挑戦してみることができるというものだ。

「馬が増えてる！」

「ちょうどいいところに来ました！　カレラさん、サニーさん、手伝ってください！」

向こうでは、女子たちが騒いでいる。

カレラというのは、ハーフエルフのレンジャー。サニーというのは、女神官のことである。

いつの間に仲良くなったのか、ナオは彼女たちを引き連れて、五頭の馬を厩舎《きゅうしゃ》に連れて行く。

「厩舎も建てたのか。大したものだな……」

「ボルボは一応ドワーフだからな。掘っ立て小屋だが、家を造るのがあいつの趣味みたいなもんだ。最初はでか過ぎるんじゃねえかって思ったけど、馬が増えてたんならちょうどいいな」

厩舎では、そのドワーフが女子たちを出迎えているようだ。

大きな声で、建物の使い方を説明している。

「やあ、ジーンさん、お帰りなさい。足りない労働力は、ゴーレムで補っていますよ」

最後に、魔術師のビートル。

作業着に鉢巻をして、すっかり日に焼けていて、一瞬誰だか分からなかった。

彼の後ろには、ナオのものと比べると簡易なゴーレムが続いている。

決められた一つの命令しか実行できないタイプであろう。

「やあ、ビートル。仕事に精を出してくれていて何よりだ。これだけの数のゴーレムだが……マルコシアスのフンを使ったかね？」

「ええ。あの魔力媒体は優秀です。私は錬金術は門外漢なのですが、それでもそれらしいものを作れましたよ。彼らは建築に使った廃材を利用したのですが、良い働きです」

作業を始めるゴーレムたち。

主に、畑の拡張を担当しているようだ。

開拓地を見張っているエルフは、より効率的に土を掘り返せる精霊魔法の使い手だが、基本的に手伝ってはくれない。

トーガやシーアが特殊なだけなのだ。

そのため、ビートルが増やしてくれたゴーレムはありがたい。

ナオはこれから、馬のことで手一杯になりそうだからだ。

「ジーンさん、後は報告することなんだが、サニーが神像を作ってな。これがエルフたちとの間に、ちょっとしたわだかまりを生んでいるようなんだ。見てやってくれないか？」

マスタングの言葉を聞き、私は唸った。

宗教問題である。

厄介なことにならねばいいのだが。

神の像の話

神官サニーが作った神像は、畑の隅にあった。

彼女は不器用らしく、あまり人の形には見えない。

神の像なのだから、どのような形でも、信仰のシンボルになればいいということか。

神像を囲むように、端材《はざい》で作られた小さな柱と屋根がある。

足元には石畳も敷かれ、ここで礼拝できるようになっているようだ。

神像の前では、エルフが数人、腕組みをしながら並んでいた。

「どうしたのだね？」

「おお、お前は魔狼を手懐けた者！　帰って来ていたのか」

私を見ると、ワイルドエルフの表情が綻《ほころ》ぶ。

マルコシアスを森から排除したことは、彼らにとって大きな意味があるのだ。

「これを見てくれ。人間が神と呼ぶものの像なのだそうだ」

「ただの像であればいい。我らも、親愛の情を示すために木を削り、その者や獣を象《かたど》った像を作ることはある。だが、神とやらの像は、どうやら精霊力まで帯びているではないか」

エルフたちの言い分はこうである。

ただの飾りであるならば、とやかく言わない。

だが、精霊力を宿し、何か不可思議な力を発揮しそうな神像は看過《かんか》できない。

「神の像だ。祈りを受けることで、信者から魔力を与えられ、アーティファクトとなっていく存在だな。確か、エルフには神が存在しないのだったね？」

「神とは、我らの上位にある存在ということだろう？　それならある。我らの祖先である、祖霊だ。祖霊は精霊と交わり、この森を巡っている」

そうなのか、と、傍らのトーガに確認すると、彼は面倒臭そうに頷いた。

どうやら神や祖霊に関する談義に、全く興味が無いらしい。

エルフたちも、トーガがこういう話題に入って来ないことは理解していて、彼を放ったまま私に話しかけてくる。

「問題は、精霊力は森を巡るものだということだ。それが森の外に出てきて、この像に吸収されている。長く生きて精霊力を蓄えた大木は精霊樹となるが、これはいつか朽ちて森に帰る。だが森の外で同じことをされたのでは堪らない」

「なるほど、そういうことか！」

面白くなってきた。

エルフなりの価値観だぞ。

私は少々鼻息を荒くして、手乗り図書館に記録を取る。

「つまり君たちにとって、己の祖霊が一体となった精霊力を、神なるものの像に吸われるのは我慢ならぬと。そういうことか」

「そうだ、それだ」

「モヤモヤしていたのだが、分かりやすくまとめてくれたな……！」

「流石は魔狼を手懐けた者だ」

エルフの表情が綻んだ。

これは言わば、一本の川から畑に水を引く問題と一緒だ。

精霊力がエルフたちの力の源であり、ひょっとすると、スピーシ大森林が持つ力を担保している。

普段ならばこれは外に出て来ないものだが、傍らにこうして神像を作られると、そこに精霊力の流れが吸われてしまい、森に戻る分が減る。

「我らも、別に神とやらを拝むなとは言わない。だが、精霊力を吸うのは困るのだ。今は一つだからいいが、これが増えていけば、森から吸われる精霊力は増えるだろう。そうなってしまえば、豊穣《ほうじょう》な我らの森が危うくなる。森を流れる祖霊は、人間どもの信じる神とやらになってしまうだろう」

「なるほど。君たちの信仰の問題も関わっているわけだな。よし、私がなんとかしよう。しかし、よくぞ神像を破壊せずに様子見に留めてくれた。感謝する」

「お前の顔を立てたのだ、魔狼を手懐けた者よ。我らエルフは人間と違い、受けた恩には報いる」

彼らはそう告げると、立ち去って行った。

後は私に任せるということだろう。

「信頼されているな。厄介事を押し付けられただけにも見えるがな」

トーガが鼻で笑う。

だが、立ち去らずにいるあたり、私に協力するつもりなのだろう。

やがて、神像を建てた本人であるサニーが戻って来た。

ナオと、ハーフエルフのカレラも一緒である。

「どうしたのですか？　エルフの方々が集っていたようですが」

「うむ。隣人からの苦情を受け取った。神像が精霊力……つまり魔力を吸ってるからやめてくれ、ということだな」

「？」

サニーが首を傾げた。

これはどうやら、神像が魔力を吸収するシステムを理解していない顔だな。

「良かろう。では簡単に講義しよう」

「やった、先輩の講義だ！」

「ナオ、あなたなんで興奮してるの？」

神像の前に陣取った私。

石畳に座る、女子三名である。

「ジーンさん。そこにあるのは、私が作った慈愛神の像です。慈愛心は愛を与えるものです。なのに、魔力を奪っているとはどういうことですか？」

「奪っている、とは一元的な見方だね。君は慈愛神の神官か。ならば、神殿で教わったと思うが……神像は、信者たちの祈りを集め、自《おの》ずと力を持つアーティファクトに変わっていく」

「はい。そう教わりました」

「これはつまり、神像には魔力集積装置としての機能が備わっているからなのだよ。作る際、足の裏に印を彫り、神官が魔力を流し込むだろう？」

「はい。正確には奇跡の力ですが」

エルフで言えば精霊力。

我々で言えば魔力。

神官たちが使えば、奇跡の力。

これは全て同じものだ。

「その印が活性化し、魔力……奇跡の力を集めるようになる。この神像の前で祈るという行為が、己の魔力を神像に注ぐことになるわけだね。力を持った神像は、この前で魔法……神官流に言うと奇跡だが、これを行使するとその効果を増大させることができる。王都の大神殿では、復活の奇跡すら行える理由がこれだ」

「異議ありです!!　それは神の御業《みわざ》ですー！　そんな何か無味乾燥に解析された何かじゃないですー!!」

顔を真っ赤にしてサニーが怒り出した。

おっと、いかん。

「つまりだね、本来ならば、祈る者からしか奇跡の力を吸収しないのに、この神像は森からも、勝手に奇跡の力を吸収していたようなんだ。何か作る時に不具合があったのではないかね？」

話を本題に戻す。

各宗派によって、神像の作り方や印の刻み方は違う。

私は宗教学の専門家ではないため、印に異常があったとしても確認ができない。

「そんな、不具合なんて……」

サニーは難しい顔をして、神像の後ろに回り込んだ。

よいしょ、と声を出して、神像をひっくり返す。ありがたみも何もあったものではない。

そして、像の足裏に印が彫られていた。

なんと言うか、ミミズがのたくったようなぶるぶる震える印で……。

「これが慈愛神の印か。なんとも個性的な……」

「かわいくないですか？　サニーさん、今度教えてください！」

「これって、サニーの字が下手なだけでは……？」

「おいお前ら！　像がひっくり返ったら、精霊力が一気に集まってきたぞ！　早くなんとかしろ！」

我々が感想を述べていたら、トーガが慌てだした。

なるほど、やはり印がおかしいらしい。

「サニー、どうだね？」

「……字が下手で悪かったですね……！　き、刻み直しますよーだ」

むくれながら、彼女はナイフで、印を削り落としてしまった。

「精霊力が消えた」

トーガの言葉で、神像はなんの力も持たなくなったことを知った。

「サニーさん、わたしにいい考えがあります！　印の形の判子を作ってですね、それに沿って印を刻めばいいんです！　そうと決まったら、判子を作りに行きましょう！」

立ち上がるナオ。

引っ張られるカレラ。

「どうせ下手ですよー。サニーは字が下手ですよー」

ぶつぶつ言いながら、ナオたちに付いて行くサニー。

「大丈夫なのか……？」

珍しく、心配した様子のトーガである。

「何、ナオはああ見えて優秀なのだ。彼女を信じたまえ」

かつて森に来た神

「なるほど、それでこの像がひっくり返ってるのね」

シーアが、神像をつついている。

今は足裏の印を削られ、地べたに寝そべっている像なのである。

「みんなとは、凄く警戒してたでしょ」

「ワイルドエルフたちのことかな？　確かに。だが、警戒する理由も頷けるものだったが」

「森の精霊力と祖霊の話？　それだけじゃないよ。第一、森を巡る精霊力はとっても多いの。ちょっと吸われたくらいじゃどうということもないし……それに森は、こういう村だっていつでも覆い尽くせる」

「なるほど」

シーアの言葉を聞いて思い出したのは、私がこの地に来たばかりの頃。

開拓地の中心となっている、リターン川を発見した記憶だ。

第二十三調査隊の記録によれば、森から外に飛び出していたはずの川。

それが森に覆われ、影も形も見えなくなってしまっていた。

スピーシ大森林の生命力は、百年もあれば地形を大きく変えてしまうほど強いのだ。

「だとしたら、どうして彼らは神像を警戒していたのだ？」

「それはね」

口を開こうとして、シーアがじっと私の背後を見た。

そこでは、トーガがお喋りな妹を見据《みす》えているようだ。

「話していい。そうでなくても、この男は勝手にそこまで辿り着くだろう」

「分かった。あのね、森にはね、昔、神を名乗る怪物が出たの。まだ私も兄さんも……それどころか、長だって生まれてない頃だけど、その時代は人間とも交流があったんだって」

「ほう!!」

「また手乗り図書館を出したか……。本当に新しい知識が好きな男だな」

トーガの呆れ声にはすっかり慣れてしまった。

「長は確か、千年ほど生きていたね？　ということは千年前……。セントロー王国もまだ出来上がっていないころじゃないか。それほどの過去には、ワイルドエルフと人の間には交流があったのか……」

「千年って、人間からすると長いでしょ。でも私たちエルフは、大体千年生きるの。だから、これは二つくらい世代が前の話で、まだまだみんなの中にわだかまりが残ってるんだよね。子供の頃に、当事者だった人たちに話を聞いて育ってるから」

「なるほど。それが、人間とワイルドエルフの間にある確執《かくしつ》ということか。だが、その当時は存在しなかったセントロー王国にも、ワイルドエルフは恐ろしいという伝承は伝わっている。これは一体……？」

「王国っていう、人間たちの大きい村ね。あそこができてから、何度か森に来て木を切り倒そうとしたことがあるみたい。その度に、私たちは人間を手ひどく痛めつけて追い返した。そのせいかも」

「おお、そこで、人とワイルドエルフの間に、不可侵《ふかしん》という共通認識が生まれたわけだね。いや、これは納得がいく。新たな歴史的事実だなあ」

自然と頬が緩む。

新しい知識を得ている時、私は何よりも幸福を感じるのだ。

トーガとシーアは、何故か私に、変なものでも見ているかのような目線を投げかけてきた。

「それで、どうして神が現れたのだね？　人間が呼び出したとか？」

「うん。伝承では、人間が呼び出したって言われてる。だけど、どうやったかまでは分からない。気が付いたら神っていう、物凄く凶暴で言葉が通じない妖精が現れて、森を荒らし、人間たちの村も滅ぼしたの。たくさんの人が死んで、私たち試練の民も多くが犠牲になった。それで、私たちは森を閉ざした。これでおしまい」

「なるほど……。神の姿に関する情報は残っていなかったのかい」

「そこまでは分からないなあ」

聞き出せる情報はここまでのようだ。

となれば、必要な疑問は彼に聞かねばなるまい。

「マルコシアス、いるかね」

『質問があるのか』

私の声を聞いて、魔狼が駆け寄ってきた。

トカゲのようになった尻尾を、ぶんぶんと振っている。

『質問をせよ』

「ああ、任せてくれ。マルコシアス、この森に千年前に出現した神は、一体どういう存在だったのだ？」

『その質問に答えよう。神は戦神《いくさがみ》だった。森の魔力を利用し、人間が造り上げた特大の神像に命を宿らせたものだ。その後、魂を召喚して植え付けた』

「召喚!?　それは、私がナオに魂を与えたようなものか」

『その質問に答えよう。近いが異なる。人が我を召喚した儀式に近い』

「悪魔召喚の儀式と、様式が似通っているだって!?」

次々に明らかになる新事実である。

私は興奮のあまり、鼻息が荒くなった。

「それはつまり、森の中で君を呼び出したような儀式が行われ、これと神像が合わさって神を生み出したということか！」

『今日の質問はこれで終わりだ』

マルコシアスは満足そうに鼻を鳴らすと、尻尾を振りながら去って行った。

しまった。

連続で質問をしてしまったか。

最近は毎日、彼に質問をしているため、適度にマルコシアスのフラストレーションが発散されているのだ。

故に、一日に一度か、二度くらいしか質問ができない。

「せんぱーい！　判子作ってきました！　神像も新しくしましょ！」

ナオが戻って来た。

どういう作業をしたのか、彼女も、カレラとサニーも泥だらけになっている。

連れの二人がぐったりしているではないか。

「よし、神像作りには私も興味があったんだ。一枚噛ませてくれ」

「ようこそ先輩！」

「待ってー!?　神像はありがたいもので、ホイホイ作るものじゃないんですけどぉー！」

彼女たちと合流する私。

まずは、神像作りを行ってみよう。

作業に没頭していれば、今日得た知識も頭の中でまとまるかもしれない。

神像作りと開拓進捗《しんちょく》

ワイルドエルフから提供された食料を使い、粥《かゆ》を作る。

肉類などは無いため、それらは自分たちで用意する必要があるだろう。

豆類が入っているため、栄養分は足りている。

「夕食が終わったら、寝るまでの間で神像は完成しそうだな」

「そうですねえ。先輩、割と手先が器用ですよね？」

「ああ。何かと指先を使うことが多かったからな。動物の解剖などは、指先が狂うだけで重要な器官が傷ついてしまう。気遣いは常だよ」

「なるほどー。だから、先輩の作った神像は繊細なんですねえ」

「ナオの神像もなかなかではないか。大胆なデフォルメを施されながらも、どっしりとした重厚さを備えている」

「ええ！　建築は構図やデッサンから勉強しますからね！」

我々のやり取りをよそに、本職たる神官サニーはがっくりと項垂《うなだ》れている。

「どうして二人とも、そんなに上手いの……。あー、私の神像なんか奇怪なオブジェですよ……」

「サニー、気をしっかり持って。ほら、サニーの神像だって見ようによったら味があるし」

「慰めになっていません……！」

何を落ち込んでいるのだろう。

神官の本業は、祈ることであり、信仰を広めることだ。

神像を作ることは、信仰を広めるうちには入るだろうが、そこに技術的巧みさが伴っている必要はない。

シミュラクラ現象というもので、それっぽく顔を彫っておけば、人間はそこに顔を見出す。

顔があれば、それは既に偶像である。

信仰の対象たり得るだろう。

「不思議だ」

「どうしたんですか先輩？　あ、お粥美味《おい》しかったー。エルフ麦って、お湯に浸してもモチモチ感が薄れなくて食べたーって感じがしますよね！」

「ああ。ワイルドエルフはこれを、粉にして加工するらしいが、我々はまだそういった道具を用意できていない。開拓が軌道に乗れば、細かなところに手が回るようになるがな」

「先輩、食は後回しですもんね」

「うむ。食事など、胃に溜まればいい」

「そういうのダメですよー！」

「おいジーン！　お前、飯に興味が無いのか！　こういうのはわしらドワーフに任せればいいんだぞ！」

ボルボが会話に割って入ってきた。

そうか、ドワーフとは、食や酒に貪欲な種族である。彼にそういうものを任せるのもいいな。

冒険者諸君は、それぞれが独自の職能に長《た》けていよう。

これも適材適所というものだ。

私は食べられさえすればいいのだが、他の者たちはそうもいくまい。

食事のクオリティが上がれば、働き手の労働効率も上がる。

「ではボルボ。食事関係は全面的に、君に任せよう」

「おう！　任されたぞ！　それでな、ジーン。わしは気になってたんだが」

「何かね」

「酒が無いのだな、ここは。エルフどもに酒を無心するのは、ドワーフとしての誇りが許さん。ならば、わしが作るしかないのではないか、と思ってな」

「ほう……。だが、酒の素になるものはあったが、酵母《こうぼ》があるまい？」

「そう、それよ……。ちょっとな、ロネス男爵とか言うたか？　あちらに行って、買い付けして来てもいいかのう」

「ふむ。よし、許可しよう。脱走はせぬようにな」

「するか！　このボルボ、仲間を置いて逃げたりはせぬわ!!」

「ならばよし」

私とボルボのやり取りを聞いていたらしい。

マスタングが話に入って来た。

「じゃあよ、俺、農具の類を増やしたいんだけどさ、ついでに買い付けに行っていいか？」

「よし。二人に行ってもらおう」

「任せてくれ！」

マスタングとボルボを、ロネス男爵領へ買い付けに行かせる、と。

それによって、ボルボは食料関係と酒造を、マスタングは農具の補充を行う。

彼らの他、女性陣も街へ行きたがったが、大人数が出てしまっては開拓作業の進捗に差し障《さわ》りが出る。

「順番でな、順番で」

そのようなことになった。

そして、寝るまでの間に神像のチェックを行う。

決まった手順で、足の裏に印を刻む。

判子に、色を付ける。

これは、魔術師のビートルが発見した、濃い色が出る花を潰し、染料とする。

「足の裏が凸凹《でこぼこ》になっていますから、判子を押しても全面に跡をつけるというわけにはいきません。なので、足りないところはフィーリングでいきましょう！」

「フィーリング……！　判子の意味は……？」

サニーが不安そうな顔をする。

「大丈夫。サニーは私が手伝うから。あの賢者二人が器用過ぎるのよ」

私、ナオ、サニーとカレラのコンビ。

三つの神像の仕上げに掛かることとなった。

判子は、神像に刻む印を可能な限り正確に象っている。

これをなぞって刻んでいくのである。

「これは慈愛神の紋章か。だが、私が知るものと少々違うな」

像を神像たり得させる、印である。

これに、祈りを集め、魔力として集積していく効果があるのだろう。

言わば、小さな魔法陣と言えよう。

「できました！」

「私もできたぞ」

「こちらもです。今度は……うん、大丈夫。ちゃんと印に見える……」

サニーも終わったようだ。

直接彼女が彫らなければ、効果を発揮しない。

そのため、カレラはサニーの作業をチェックする役割である。

「……良し！　どこにも切れ目は無いし、ちょっと線がのたくっているけど、これなら大丈夫」

「良かったー……！」

「ではいよいよ、魔力を込める段だな」

「奇跡の力ですから！　ごほん。では、参ります。いと優しき慈愛の神よ。その御手《みて》にて、写し身に力を与えたまえ……」

サニーの指先が光る。

その光は印に乗り移り、やがて神像全体をぼんやりと輝かせた。

見ていると、すぐに光は収まってしまう。

「ナオ、解析できたかね？」

「はい。あれは単純に、魔力を注ぎ込んでいるだけですね。多分それが、印を発動させるきっかけになるのだと思います」

ナオが眼鏡を触りながら言う。

生来の魔力感知能力を持つ彼女は、魔力感知を増強する力のある眼鏡と合わせることで、魔力の流れを正確に読み取ることができるのだ。

「なるほど。では我々もやってみよう」

「はい！　詠唱省略、えい」

「魔力よ、指先へ集まれ」

我々の指も、サニー同様に光る。

光は印に呑み込まれ、像全体をぼんやりと輝かせた。

無事に発動したようだ。

「ナオ、サニーの神像に集まる、魔力の流れをチェックしてくれたまえ」

「はい。ええと……森からの魔力は……大丈夫です、来てないですね。成功です！」

「やったあ！」

サニーがガッツポーズをした。

「よくやったわね。偉い偉い」

彼女の頭を撫でるカレラ。

私とナオの神像も、当然ながら作成に成功している。

これは、自分で魔力を込めるなどして、実験してみよう。

それはそれとして……。私は外に繰り出し、放り出されている元神像を取り上げた。

サニーが足裏の印を削り取っているが、完全に無くなってはいない。

うっすらと形が残っているのだ。

「あの印を、どういじれば、無差別に外部の魔力を吸うようになるのか。これがヒントになるのではないか？　記録をしておかねばな」

手乗り図書館に映像として記録し、後に解析を行うこととする。

見送りと魔術師

マスタングとボルボが、ロネス男爵領へ行く朝となった。

たくさんの資材を運んで来ねばならないので、ゴンドワナとローラシアも同行するのである。

「連続での仕事、お疲れ様だな。せめて美味《うま》い草を積んでおいてやろう」

私が語りながらたてがみを撫でると、ローラシアが目を細めながら首を寄せてくる。

それを羨《うらや》ましそうに見つめるゴンドワナ。

ローラシアは、この牡馬《ぼば》を露骨には嫌わなくなったものの、愛想を見せることは無い。

ナオよりも私に懐いており、言うことをよく聞く。

「ゴンドワナも頑張ってくださいねー」

ナオが彼の馬面をさらさらとさすると、機嫌も戻ったようだ。

「じゃあ、馬を借りるぜ！」

「最高の酵母を買ってくるからなあ！　楽しみにしとれよ！」

「農具と酵母。私はこれには疎《うと》くてね。君たちの目を信じることにする。頼むぞ」

「頼まれた」

男たちは笑いながら、私と握手をした。

そして、マスタングとボルボは旅立つ。

ロネス男爵領までは、片道一日ほどだ。すぐに戻って来ることだろう。

「さあ、その間はわたしたちが頑張りましょう！」

ナオが掛け声を上げると、サニーがそれに賛同した。

カレラは嫌そうな顔をするが、ナオに従うつもりのようである。

「彼女たちの信頼を得たのかね？」

「同じ女の子ですし、一緒に判子も作りましたからね！」

「彼女たちのことは、ナオに一任してもいいかな？」

「ええ、もちろん！　任せてください！」

こうして、女子たちは厩舎へと向かっていった。

乗用馬の世話を行うのだろう。

三頭は、我が開拓地にとって重要な足だ。

乗りこなせる者が増えるに越したことはない。

「それで、私は何をすれば？」

おっと、一人残っていたか。

魔術師のビートルだ。

この一ヶ月間以上に及ぶ畑仕事で、体格も良くなった彼。

腕組みして私の指示を待っているようだ。

「では、君のゴーレムと私の魔法で、もう少しばかり地面を掘り返すとしよう。畑にするばかりではなく、人が増えれば家を建てたりもするだろう？」

「了解です。ゴーレム、汝に命を与える」

ビートルが周囲から、ゴーレムを呼び出す。

これは、土に魔法文字を刻み込んで作る、マッドゴーレムだ。

作りそのものは、ナオのものと比べると拙《つたな》い。

ナオが特別上手いだけかもしれないが。

「では、私もやろう。ノーム、呼びかけに答えよ。この土地を掘り返せ」

私が手足を動かしながら詠唱すると、足元の土が盛り上がる。

いったん大きく隆起して、陥没した。

そこに、拳大ほどの穴が開く。

「な、なんですかそれは⁉」

ビートルが目を見開いた。

「見たことも聞いたこともない魔法だ。土を操る魔法？　いや、それにしては効果が直接的過ぎる。まるで土を掘り返す専用の魔法ではありませんか」

「少々事情があるのだよ。詳しいことは説明できない」

「……もしや、ワイルドエルフ案件ですか？」

「その通り。人間である君がこれを真似することはできるが、万一行使した場合、君の命の保証はできない」

「こわぁ」

ビートルが震え上がった。

私が行使したのは、シーア直伝の精霊魔法である。

これは、ワイルドエルフが絶対の秘密としているものであるから、人間が行使することは彼らに対する侮辱となるわけである。

「故に、私は君にこの魔法の原理を教えることはないし、コツも伝えない。空気のようなものだと思って流してくれたまえ」

「分かりました。では作業といきましょうか」

「ああ。どんどんいくぞ」

賢者たるもの、頭を使うのは本分である。

だが、時には体も使ってやらねば錆《さ》びついてしまうだろう。

それに、体を動かした後の方が頭もよく働いたりするのである。

フィールドワークがそれを物語っているな。

私が精霊魔法で、地面のあちこちに穴を穿《うが》つ。

ここを、マッドゴーレムが掘り返していくのである。

掘った穴に、やんわりと土を被《かぶ》せる。

硬く踏みしめられた地面は、これでほどよく軟らかになった。

このままのペースで作業を進めていくぞ、と意気込む我々。

だが、度重なる精霊魔法の行使は、やはりエルフの目に留まっていたようだ。

「こらー！　人間の前で精霊魔法を使わない！」

目を吊《つ》り上げながら、シーアがこちらに走ってくる。

後ろにいるトーガはいつもの呆れ顔なので、あれは恐らく私への対応を諦めている。

「人間が使ったら大変なことになるじゃない！　だから魔法は使わないで……ぎゃーっ」

掘り返して軟らかくなった地面に差し掛かり、悲鳴とともにシーアが土の中に没した。

土全体をほぐし、かなり軟らかくしていたのだ。

彼女の体が、肩の辺りまで埋まったので、私も驚いた。

「大丈夫かね？」

「だ……大丈夫かねじゃなーい!!　何よこれー！」

「うむ。まさかそこまで土が軟らかくなっていたとは思わなかった。しかも、見た目はそうとは分からなかったな。君、精霊力を見ることで、土の質などは分かるのかね？」

「分かるわけないでしょ。っていうか早く助けてー」

「魔力は関係なく、ごく自然な落とし穴になり得るということか。ふむふむ……！」

考え込む私。

その横で、シーアを助けようとしたビートルが、歯を剥き出しにした彼女に威嚇されている。

本当に人間が嫌いなのだな。

結局彼女は、トーガと私の二人がかりで救出したのだが、

「ちゃんと地面を固めて！　危なくて歩けないでしょ！」

叱られてしまった。

シーアの行動圏内ではやらないことにしよう。

「ワイルドエルフに叱られてしまいましたね」

「うむ。あれでも彼女は、我々に一番フレンドリーな個体なのだよ」

「分かります。他のワイルドエルフは、ジーンさんと関わりがなければ、私たちを躊躇《ちゅうちょ》なく殺すでしょうからね」

「そういうことだ。ではビートル、開拓地の中では難しいようだ。外でやるぞ」

「外でですか？」

彼が目を丸くした。

「将来的には、外に向けて土地を広げていく予定なのだよ。森を無駄に切り崩すわけにはいかない

からね。後々開拓する場所なら、先に土を掘り返していても問題あるまい」

「はあ、なるほど」

そういう訳で、我々二人は開拓地の外で、ひたすら地面を掘り返す作業に勤しむこととなった。

エルフの長の話

ワイルドエルフと人間の確執の話には、神が関わっている。

この話を聞いてから、私はぜひとも、その時代に詳しいエルフに直接聞いてみたいと思っていた。

そのチャンスがいよいよやって来た。

「長が会うそうだ。他ならぬ、お前の頼みなら話してやってもいいとさ」

伝えてきたのはトーガだった。

そろそろ、開拓地の外を穴だらけにするのにも飽きてきた頃である。

「迅速《じんそく》に許可をもらって来てくれたようだ。ありがたい」

「こうでもしなければ、森の前を全て掘り返してしまうだろうが。戻って来た連中がひっくり返るじゃないか」

「ほう！　君が人間の心配をするとは珍しい。大丈夫、安心したまえ。馬車が通る道は獣道のようになっていて、そこには穴を掘っていない」

「別に人間のことを言ったんじゃない！　馬だ！　俺はゴンドワナが心配だっただけだ！」

「そういうことにしておこう……」

「お前ーっ」

トーガともすっかり仲良くなってしまったな。

彼はぶつぶつ言いながらも、森にエルフの通り道を作り出す。

これを使って、ワイルドエルフの里まで案内してくれるのだ。

すると、私の後ろをちょんちょんと突く者がいる。

「おや」

「先輩、誰かお忘れでは！」

ナオ……がまたがったマルコシアスである。

一人かと思ったら、一人と一匹だった。

トーガの顔が一瞬引きつる。

「お前……まさか、里に魔狼を連れて行くつもりか」

「彼は大人しい。対応が正しければ、通常の家畜よりも安全な存在だ。安心したまえ」

「我々の心情というものが……。まあいい」

トーガは私の説得を諦めたようだった。

私とて、説得されるつもりはない。

マルコシアスはとても安全な悪魔だし、今回長から聞き出す神の話は、魔狼に直接関わってくるものである可能性もあるからだ。

つまり当事者である。

我々は久方ぶりに、エルフの通り道に踏み込んだ。

周囲の光景が、鮮やかな緑の色彩に染まる。

エメラルドグリーンの葉が上下左右を包み込み、その隙間からは優しく木漏れ日が差し込んで来ている。

これを使えば、ワイルドエルフの里までの長い距離を、僅かな時間で移動できるのだ。

今回もまた、エルフの通り道に関して、ナオと一緒に批評しながら通過する。

いつ見ても、新しい発見がある魔法だ。

これは複合的に精霊魔法を使っているのではないだろうか。

そして、目的地に到着。

「帰りにまた通るまで、今回発見したことを色々考えておくといい」

「はい！　必ずやエルフの通り道の謎を解き明かしましょう！」

「やめてくれ」

盛り上がる我々に、トーガが少しおざなりな抗議をした。

さて、エルフの里は以前と変わりは無い。

我が開拓地に何人かが派遣されているため、人影がやや減ったくらいか。

「長の家の周囲だからな。子供の姿などは無い。別に数が減ってはいないぞ」

「そうか、ピンポイントで目的地にやって来れるというわけだったのか。繊細な操作ができる魔法だ」

この場には幾人かのワイルドエルフがいるが、彼らは皆、マルコシアスを見て目を見開き、後退る。

そこへ、ナオが魔狼の首回りをわしわしと撫で回し、安全だとアピールするのである。

ナオにされるがままのマルコシアス。

基本、この悪魔は大らかである。

やがて長の家に到着し、我々は蔦を使って、扉である木のうろまで登った。

今回は、ナオがマルコシアスを使って楽をしている。

具体的には、襟元を魔狼に咥《くわ》えられているのだ。

親犬に運ばれる子犬のようだ。

本人は喜んでいるようだからいいか。

いきなり部屋に魔狼が飛び込んで来たので、屋内にいた長と、お付きのエルフたちは腰を抜かしかけたようである。

危うく、エルフと悪魔が衝突か、と思われたところで、私がやって来て事無きを得た。

「諸君、魔狼は私が契約している。安心して欲しい。彼は理性的であり、不必要な暴力を振るうことはない」

マルコシアスが、こくこくと頷く。

「そ、そうか……。本当に魔狼を手懐けてしまったのだな。驚くべき男だ」

気を取り直したワイルドエルフの長。

しかし、少しだけ我々から距離を取って腰を下ろした。

ワイルドエルフたちの誰もが私を、魔狼を手懐けた男と呼ぶ。

「名を呼ぶことは、我々試練の民にとって一般的ではない。故に、その者が果たした功績に関係する称号を呼ぶんだ」

とは、トーガの談だ。

このあたりに人間との文化の違いが出ていて、面白い。

「魔狼を手懐けた者よ。おぬしは、人が呼び出した神の話を聞きたいのであったな」

「その通りだ。長が詳しいと聞き、トーガに無理を言ってこの機会を設けてもらった。色々教えてもらえるとありがたい」

「伝承や歴史を知ることは良いこと。言い伝えられた過去には、常に偉大な教訓が含まれている故な。では、語るとしよう」

私とナオは並んで座り、長の語りを楽しみに待っている。

そんな我々に、エルフのお茶らしきものが出された。

「花の香りがしますねこれ！」

「うむ。花のお茶か。ほど良い苦味があり、口の中がすっきりとするな」

出されたお茶請けは、木の実を干したものである。

これも甘みが凝縮されていて美味い。

ぽりぽり、ごくごくとやっていると、長の語りが始まった。

「かつて、試練の民と人は友であった。試練の民は人に知恵を授け、人は試練の民に実りを捧《ささ》げた。森と人の里は近くにあり、幸福な関係を築いていた。だが、人は祖霊を信じず、神という存在を信じていた。これは我らには分からぬものであった」

いきなり、ワイルドエルフと人間、相互理解できない雰囲気が漂っている。

「人は、我らに神を信じることを勧めてきた。だが、我らは拒んだ。それをする必要が無いからだ。人は、我らに神の素晴らしさを教えようとした。彼らは森の中の岩山をくり抜き、岩窟を造った。これを寺院と呼んだ」

岩窟……？

おや？

いや、まさかな。

「我らは、人を信じていた。故にこの行為を咎《とが》めはしなかった。人は我らの信頼に乗じ、寺院にて大きな魔法を使った。それは、この世ならざるものを呼び出す、禁断の魔法であった。森の精霊は寺院に集まり、渦を成し、やがてこの世ならざるものを受肉させた。これが、人の呼ぶ神であった」

「生まれちゃった」

ナオが呟く。

「神は、人の言うことを聞かなかった。試練の民へと敵意を向け、襲いかかったのだ。我らは精霊魔法でこれを森の外へと追い払った。多くの試練の民が死んだ。戦いに巻き込まれ、多くの人が死んだ。神は森から追い払われ、その力を減じていった」

急展開である。

呼び出された神とやらは、エルフを敵視していたのか。

「だが、この神を、人は崇めた。人は神に精霊力を注いだ。再び神は強くなった。ここに来て、我ら試練の民と人は決定的に断絶した。我らの中の偉大な精霊使いが、命を賭して強大な妖精を呼び出した。妖精は神と戦った。戦いは十日の間続き……やがて、神は打ち倒された。そして人の世界は滅びた」

「勝ってしまったのか！　その強大な妖精は、凄まじい存在だな」

新たな知識の予感である。

私の胸がときめく。

「妖精もまた消えた。精霊使いがその生命を燃やし尽くしたがために。人は滅び、我らは消えぬ傷を負った。我らは決めた。人と関わることは、滅びを呼ぶこと。故に、人とは交わらぬと。それより、森に入った人間は殺す定めが生まれた。そして今も、森に人間を入れてはならぬのだ」

ここで、長の話は終わった。

簡略で、だが興味深い情報に満ちた話である。

「長よ。この話の詳しい事情を知りたいのだが」

「わしはこの話をこれだけしか知らぬ。より知りたいことがあれば、おぬしが自らの耳で、目で、足で調べるがいい。それが、賢者とやらいうおぬしの本分であろう？」

「確かにその通りだ」

納得である。

私は開拓事業と並んで、ワイルドエルフの伝承を調査することに決めたのだった。

第五章　調査の賢者ジーン、あるいは何かに備える者

調査

すぐに開拓地へ戻ることはせず、しばらくワイルドエルフの里を歩き回ることにする。

私とナオ、マルコシアスの後を、一応の監視役としてトーガが付いて来る。

だが、この監視役は大変やる気が無い。

「きゃー、魔狼だ！」

マルコシアスを見て、悲鳴を上げるエルフの子供。

だが、トーガはそれをフォローする様子など全く無いのだ。

「君、見ているだけでいいのかね？」

「構わないさ。だって魔狼は安全なのだろう？　真面目に仕事をするだけばかばかしいというものだ」

彼は鼻を鳴らして答えた。

やる気が無いと言うよりは、信頼されていると言うべきか。

魔狼はナオに連れられ、堂々と里の中を闊歩《かっぽ》している。

当然のように、他のワイルドエルフは我々を警戒している。

だが、トーガはこれを説得するでもなく、妙にのんびりしているのだ。

「だ、誰かー！　里の中に魔狼がー！」

「いや、だが後ろにトーガが付いて来ているじゃないか。なんで彼は何もしないんだ」

「まさか魔狼に操られて……!?」

「トーガを助けなくちゃ」

ワイルドエルフたちが集まり、おかしな雲行きになってきた。

「よろしいかな、諸君」

私は彼らに向かって声を張り上げた。

ここは、彼らに付けられた私のあだ名を使うべき時だろう。

「私は、魔狼を手懐けた者、ジーンだ」

あだ名とともに名乗ると、不安げにこちらを見ていたエルフたちが、一斉に目を見開いた。

「あんたが魔狼を手懐けた者か！」

「魔族の血が混じってるっていう……」

「道理で、さっきから魔狼が大人しい……」

それがあだ名であったとしても、名というものが持つ意味は大きい。

エルフの世界ではなおさらである。

そして、注目されながら、大あくびをしてみせるマルコシアス。

何も気にしていないようだ。

基本的に彼は、大人しい悪魔なのだ。

「その通り。マルコシアスは、完全に私の管理下にある」

とりあえずそう言っておくことにした。

人々の安心を得るためである。

「そして、私が彼を連れてやって来たのは他でもない。私は現在、エルフに伝わる伝承を調査していてね。その協力を願いたいのだ。彼は、私が何者であるかの証明と言えよう」

魔狼を手懐けた者であることを示すため、私はマルコシアスの首回りをもふもふと撫でた。

目を細める魔狼。

気持ちいいらしい。

「魔狼をあんなに撫でて……！」

「抵抗してない！　本当に魔狼を手懐けているんだ」

よし、信頼は得られたぞ。

ちなみに、ナオが私と一緒にマルコシアスをもふもふしている。

魔狼を手懐けた者ではない彼女がどうして、とエルフたちから困惑の視線が注がれる。

私も疑問を感じたので、当の魔狼に聞いてみた。

「マルコシアス、さっきから思っていたのだが、ナオは契約者ではなくても、君に色々やっている。これは別に構わないのか？」

『その質問に答えよう。契約者にとっての被保護者は、我にとって子狼のようなものである』

ああ、やはり子犬扱いされていたか。

彼にとっては、ナオだけが保護の範疇にあるようだ。

「先輩、子狼ですって。わたしが可愛いっていうことでしょうか」

キラキラと目を輝かせるナオ。

「全体的な意味ではそれに近い」

「どうりで最近、マルコシアスがわたしの髪を舐めて、毛繕いしてくれようとするんですよね」

完全に子犬扱いであったか。

□□□

ワイルドエルフの信頼を得た私は、長に次ぐ年齢だというエルフから話を聞くことができた。

「何を聞きたいのかしら」

彼女は、御年《おんとし》九百歳を超える、エルフのおばあちゃんである。

エルフの見た目は人間ほどに年を取らない。

ただ、動きはゆっくりとなり、纏う雰囲気が老成したものになっている。

「長から、人間が呼び出した神の話を聞いたのだが、これに出てくる、エルフの偉大な精霊使いと、彼が呼び出した妖精の話を聞きたい」

「おやおや。最近の若い者は、伝承になんて興味を示さないと思っていたのだけど」

老婆はちらりとトーガを見た。

余所見《よそみ》をしていて気付かないトーガ。

本当に興味が無いようだ。

「わたしは興味あります！　お話してください！」

「おやおや。なんだか子犬のような娘さんね。試練の民とも人間とも違うわ」

「ホムンクルスです！」

「人間が生み出した、受肉した妖精のことだ」

私が説明すると、老婆は納得した顔をした。

「生まれたばかりで、なんでも珍しいんだねえ。よし、私が一つ、昔話をしてあげよう」

どうやら、無邪気なナオのことが気に入ったようである。

老婆は話し始めた。

「妖精はね、ゼフィロスという風の王さ。森全体を流れる風の精霊を束ねて、そうして命がけで名付けたの。偉大なる精霊使いは、その代わり、永遠に自分の名前を失ったのさ。ゼフィロスは人間の神と戦った。ゼフィロスは生きた竜巻さ。神は口から炎を吐き、触れるものを皆なぎ倒し、押し潰す。だけど、実体を持たない竜巻にそれは通じない」

炎を吐く。

マルコシアスとの共通点である。

ちらりと魔狼を見ると、彼も見つめ返してきた。

『質問か』

「いや、そうではない」

「十日の間、ゼフィロスは神と戦った。その間、森全体の風は淀み、皆息もできなくなり、生死の境をさまよった。森を流れる全ての風を束ねて、ゼフィロスは戦ったのさ。神は十日かけて、だんだん弱っていった。神は森から精霊を吸い上げていたけれど、その分をゼフィロスに吸われたのさね」

「ほう……。つまりそれは、神が魔力を得られず、飢餓状態に陥ったということか。そうなれば、倒せる存在になると」

「難しい言葉を使うね。でも、おおむねその通りじゃないかい」

大妖精ゼフィロスは、森全体の風を吸ったと言う。

つまり、風の精霊力……魔力を吸い上げていたということだ。

神もまた、魔力を吸い上げて力を行使する。

ならば、大妖精も神も、存在的には近いのではないだろうか？

人とエルフに、ともに神を降臨させるための魔法が存在しているのだ。

「私が知るのはここまでだね。人が神を呼び出したのは、森の中だ。森に呑まれて朽ちていなければ、まだ寺院があるはずだよ。岩山を使ったものだから、消えて無くなりはしてないと思うけれどね」

彼女の話を聞いて、私が思い浮かべたのは、あの岩窟だった。

建材を乾燥させるために使った、苔むした岩山。

あれには、人とエルフが見上げる巨大な存在の壁画が描かれていたではないか。

「ありがとう。大変参考になった」

私は彼女に礼を言うと、握手を交わした。

そして、謝礼として魔狼粉を置いて行く。

「おやまあ、精霊が反応したよ。これは、精霊の働きを強める薬なんだね？」

「そうだ」

「先輩、それってマルコシアスのうん――」

ナオの口を手で塞いだ。

「では行くとしよう。トーガ、例の岩窟まで頼めるかね？」

「もが、もがー！」

「構わないぞ。しかし、お前は夢中になると、本当に一直線になるな。開拓はいいのか」

「開拓と、私の知的好奇心、どちらもしっかりやって、しっかり満たすべきだろう」

「お前の趣味か？」

「私の趣味だ」

すると、トーガが笑った。

「分かった。最後まで付き合ってやる」

「もがー！」

口を押さえられたまま、ナオも賛成の声を上げたのである。

岩窟の壁画

最後に、岩窟に向かうこととする。

妙な胸騒ぎを覚える。

これから何かが起りそうだ、というそんな予感だ。

どうも、この森にやって来てから、符合する出来事が多過ぎる。

「そっか、また新しく家を造らなくちゃいけないですもんね」

ナオは理解してないのか、岩窟に来た理由を別の意味で捉えたようだ。

眼鏡をくいくい動かしながら、これからの家屋建造計画をぶつぶつ呟き始めた。

だが、私の目的は違う。

ぐるりと岩窟の周囲を巡って歩いた。

確か、入り口の裏側にあったはずなのだ。

あの壁画が。

念のために、手乗り図書館を展開し、記録した壁画を呼び出す。

巨大な足があり、その周りにエルフと人間が、足の持ち主を見上げるように描かれている。

そうか。

これが恐らく、人間が呼び出した神なのだ。

「ジーン、何をする気だ？」

岩窟の壁を登り始めた私を見て、トーガが問う。

「この壁面に、絵が描かれていたんだ。この間削った部分も、苔で覆われ始めているな。ちょっと手伝ってくれ」

いつもならば、私の道楽かとため息をつくトーガ。

だが、彼は私の意図を察したようだ。

「お前が今日、長や老婆に聞いていたのがそれか。まさか、これが寺院だと言うのか？」

「その可能性は高いと思っている」

苔で滑る壁面を、手がかりを探しながら登って行く。

登っている間は、手乗り図書館は仕舞わねばならない。

足がかりになる所に到着すると、立ち止まって再び展開だ。

画像と壁面を確認する。

ここではない、か。

「よし、俺も手を貸そう。壁画を記録しているのだろう？　見せろ」

トーガは、私が苦労して登った壁を、軽々と駆け上がって来る。

驚くべき、ワイルドエルフの身体能力である。

「これだ。周囲に削っていない苔や、壁面がある。これを手がかりにだな」

「なんだ、すぐ近くじゃないか」

トーガは事も無げにそう言うと、私の頭上にある出っ張りに飛び乗った。

そして、彼の目の前にある苔をナイフで削り始める。

あっという間に、見覚えのある壁画が姿を見せた。

「それだ！　トーガ、周囲の苔も削ってもらえるか？　以前の私では、そこまで手が回らなかった。

調査を行う精神的な余裕も乏しかったしな」

「構わないぞ。どれ……」

苔が削り落とされていく。

その間に、私は壁面をよじ登る。

それなりに足がかりがあるから、登山などは素人同然である私でもなんとかなる。

いや、魔族の血が混じった身体能力故か？

「削れたぞ。これは……なんだ……!?」

トーガが焦る声が聞こえる。

彼の隣に登った私は、息を整えてから壁画に目を向けた。

そして、息を呑む。

そこにあったのは、異形の怪物だった。

一見して、フクロウと人間を混ぜ合わせたように見える、怪物の頭。

そこから伸びる、丸々と太った胴体。

二本の足は不釣り合いに長く、だが関節らしきものはどこにも見当たらない。まるで棒が体から生えているようだ。

「大きさは、この絵から判断するに……王都の城と同じくらいか。凄まじい大きさだな。記録にある、グレータードラゴンに匹敵するではないか」

ほぼ真円に見開かれた目の中で、同じ丸い瞳が人間とエルフを見下ろしている。

いや。

エルフをじっと見ている。

「エルフだけを認識するように作られているのか……？　それはどうしてだ。……そうか、信仰か。人はエルフに、神を信仰するように伝えたという話だったな。だから、神はエルフに己を信ずるように要求するのか。……いや、しかし」

じっと壁画を見る私。

その横で、トーガが呟いた。

「これは……下にいる試練の民と人間どもは、争っているな。視線こそ神とやらを見上げているが、持っている武器は互いを向いている」

「ほう！　確かにそうだ。ということは、これは争いの絵だということか。そして、神は人に味方し、エルフに害をなすものであると。なるほど、なるほど！」

推測ではあるが、壁画から得られる情報を、今まで聞いてきたエルフの長老たちの話と合致させると、色々な辻褄《つじつま》が合う。

「真実に繋がる、様々なパーツが揃ってきた。これは過去のことだが、現在進行形でもあるのかもしれない。何が起ころうとしているのか、朧気《おぼろげ》にだが分かってきたぞ……！」

「そうか。正直、お前のそういうところはちょっと気持ち悪い。だが、お前の頭脳は信頼している」

トーガはそう言って、私の肩を軽く叩いた。

珍しいことをするものだ、と彼を見ようとしたら、既にこのエルフは壁面を駆け下りており、影も形も無い。

「何を急いでいるのだか。さて、私は……もう少し苔を削って、壁画を探って……と」

ナイフを抜いて、壁に手を伸ばす私である。

その手が、足が、ずるりと滑った。

「あっ！　うわー」

ずるずると、苔むした壁面を滑り落ちて行く私なのだった。

△△△

どうやら落下して、目を回していたらしい。

顔に触れる冷たいもので我に返った。

目を開けると、ナオの顔がある。

さては、今の冷たいものは。

「マルコシアスが、先輩の顔をぺろぺろ舐めてたんですよ」

魔狼の舌だったか。

頬に手を触れると、狼の唾液《だえき》でべとっとしている。

「はい、先輩！　服を作った時の端切れです！　顔を拭きましょう！」

ナオが、私の顔をごしごし拭いてくる。

「お前、ナオに膝枕されて顔を拭かれているとは、どういう状況だ？」

トーガの帰還である。彼は私とナオの姿を見て、呆れ顔になった。

「うむ。私も身のこなしを訓練せねばなと思っているところだよ。多少のフィールドワークはこなしてきたつもりだが、スピーシ大森林ともなると少々厳しい」

「体を動かすのは俺の仕事だ。お前は頭を働かせていろ。そら、目が覚めたのならお前の家に帰るのだろう？　送ってやる」

エルフの通り道を展開するトーガ。

「どうせ、これからまだまだやることがあるのだろうが。手を貸してやるからさっさと起き上がれ」

「うむ。……随分協力的になったな。どういう風の吹き回しだ？」

私が問うと、トーガは音を立てて足を踏み鳴らした。

「いいから来い！　俺のことなどどうでもいいだろう！」

急ぐことに異論は無い。

だが、エルフの気持ちというものはよく分からないな。

人間の気持ちもあまりよく分からないのだが。

ナオも分かっていないようで、首を傾げている。

そんな我々の間に、マルコシアスが首を突っ込んできた。

何か言いたげに私を見上げ、

『質問か？』

と問う。

別に質問は無い、と答えたら、魔狼は珍しく、呆れた様子で先に行ってしまったのだった。

神像増産計画？

「これとこれとこれを頼む。形は自由でいい。この形の印を刻むように。ああ、魔力は込めないように言って欲しい」

大量の木材ブロックを、ワイルドエルフたちに手渡す。

我が開拓地の監視としてやって来ている彼らは、面食らったようだった。

「こ……これで何をしろと言うのだ？」

「置物を作って欲しい。それで、めいめい保管しておいてくれれば。手間を掛けさせて済まないが、暇な時にでもお願いできないかね」

「別に構わんが……。魔狼を手懐けた者は、妙な頼み事をしてくる……」

訝しげではあるが、私の頼みを拒否することはないようだ。

あらかじめトーガに確認し、エルフの手先が器用であること、余暇《よか》を使って細工や道具を作ったりしていることは聞いている。

私がマルコシアスと契約し、かの悪魔の脅威を森から取り除いた、その報酬代わりとして今回の頼み事を行った。

「先輩、あんなにたくさんのブロックを持たせて、どうするんですか？」

「ああ。我が開拓地にも、名物があればいいかと思ってね。あれが役に立たないなら、それに越したことはない。だが、もしも私が危惧していることが起これば、あれはとても役に立つことだろう」

私とナオの会話を聞いて、神官のサニーが青ざめている。

「し、神像がいっぱいできちゃいます……!!　作り方を教えるんじゃなかったあー！」

「落ち着きたまえサニー。神像ではない。よく似た印が刻まれているだけの、置き物が増えるのだよ。この置き物が効果を発揮したとすれば、君が描いた独創的な印が世界を救うことになる」

「意味が分かりませんけれども!!」

「周囲の魔力を無制限に吸い上げる、あの出来損ないの印は、使いようによっては有用だということとだよ」

「で、出来損ない!!」

大変なショックを受けるサニーである。

何故だ。

私は褒めたはずなのに。

「また先輩が人の心を理解してないー。カレラさーん。サニーさんを連れて行ってくださーい」

カレラがやって来て、ショックを受けた様子のサニーと共に去って行った。

あの賢者は物の言い方を知らないだけだから気にするな、などと言っている。

おかしい。

私は正確に情報を伝えるようにしているのに。

「先輩、首を傾げてても多分分かんないと思うので！　仕事しましょう、仕事！」

私はナオに引っ張られ、開拓地の運営業務に戻るのだった。

□□□

翌日。

マスタングとボルボが帰ってきた。

思ったよりも早い帰還である。

しかも、帰って来たのが明け方ときた。

これは何かがあったのではないか？

偶然早起きし、作物の生育具合をチェックしていた私が、彼らを出迎えることになった。

「お帰り、二人とも。夜通しでの帰還とは、一体何があったのかね？」

マスタングもボルボも、疲れた顔をしている。

目の下にクマすらあるではないか。

「聞いてくれよジーンさん。こりゃあ、やばいぜ」

「ああ、聞こう。ゴンドワナとローラシアを厩舎に連れて行く道すがらでいいかね？」

「構わないぜ。いや、参った。こうして五体無事でいられるのが、ただただ幸運だったと思うよ」

「ふむ。それほどの危険がロネス男爵領で？　ふむ……」

ゴンドワナたちを連れながら、私の脳が思考を巡らせる。

ロネス男爵は、我がビブリオス騎士爵領と友好関係にある。

そのため、かの領地にいる民や兵士は、あからさまに敵対してはこないだろう。

ということは、男爵領外の人間がいたことになる。

「我が騎士爵領への悪意、もしくは君たちへの悪意を持って、危害を加えてくる者がいるとすると……。ロネス男爵領に、バウスフィールド伯爵の手の者が紛れ込んでいたわけかな？」

「そう、その通りじゃ！　話が早いのう!!」

ボルボが激しく頷いた。

「あやつらめ、わしらが男爵領にいるのを見つけるや否や、いきなり襲いかかって来おった。男爵の部下が駆けつけてなんとか助かったのじゃが、それでもずっとわしらを見張っておってな！」

「ああ。生きた心地がしなかったぜ。俺らも、伯爵から受けた仕事を途中で投げ出したわけだし、恨まれるのは分かるんだが、まさかいきなり命を狙われるとは思わねえよ。だが、幸い、ナオちゃんに持たされた焼き物の人形が役に立ってな」

焼き物人形とは、クレイゴーレムのことであろう。

ナオはいつの間に、そんなものを持たせていたのだ。

素晴らしい判断である。

「男爵の部下がいない所で襲われたんだが、人形がでっかくなって俺たちを逃がしてくれたんだ。それで、夜を徹して逃げて来たってわけさ」

「ドワーフは夜目が効くからのう。向こうは火でも用意せにゃ、追って来れまいよ。亜人を嫌ってか、あやつら人間しかおらんかったわ」

亜人を排するという考えは、王国では一般的なものである。

特に、由緒正しい貴族の家柄であれば、そういった考えは徹底される。

彼らにとって、セントロー王国は人間の国家であり、亜人はよそ者、あるいは人よりも劣った者なのだ。

「では、クレイグの手の者で間違いないだろう。亜人を使わないのは、私に対するあてつけだろうな。しかし二人とも、よく無事で戻って来てくれた」

私は二人を労《ねぎら》い、二頭の馬を厩舎に繋げた。

ゴンドワナもローラシアも、喉が渇いていたようだ。

水を与えると、がぶがぶと飲んだ。

「それで、追っ手はどのような人数構成だったかね？　私が予想するに、直接戦闘を仕掛けて来た人数は、あまり多くはなかっただろう」

「……そ、その通りだ。どうしてそれを？」

「君たちが二人きりで、速度も出ない荷馬を使って逃げ切れたからだ。クレイゴーレムで足止めできる程度なら、直接に手を下すのは二人か三人というところだろう。クレイゴーレムが複数であればもっと多くの人数を足止めできるが、私が、君たちにクレイゴーレムが手渡されたことを確認していない以上、そう目立つ数ではないはずだ」

　マスタングもボルボも、目を見開いて頷いている。

　ゴーレムの数は一体で合っていたようだ。

「そして、伯爵の手の者の多くは、恐らくは魔法使い……ないしはそれに準ずる、何か特殊な技術に長けた者だ。君たちに攻撃の魔法を行わなかったということは、そういう手段を用意して来ていないのだろう。それは、君たちの出現が想定外だったからでもあろう。そして、その人員本来の目的は、魔法使いたちの手で何か大きな作戦行動を行い、この開拓地に危害を加えることだ」

　確たる証拠があるわけではない。

　そう思わせる状況証拠のようなものが、積み上がっていっているだけだ。

　一つや二つならば、偶然である。

　だが、それが三つ、四つ、五つと積み重なっていっているならば……これは必然である。

　私は、不安げな顔をする二人に向けて、こう伝えた。

「大丈夫だ。こんなこともあろうかと、備えてある」

襲撃とそれに対する用意

現在開拓地にいる全員を集める。

領主である私、そして側近のナオ。

相談役のワイルドエルフ兄妹、トーガとシーア。

ある意味、最初の住人である冒険者の五人。

戦士マスタング、ドワーフの戦士ボルボ、ハーフエルフのレンジャーカレラ、神官サニー、魔術師ビートル。

そして、悪魔マルコシアス。

「いよいよ、我が開拓地が迎える最初の試練がやって来る」

「試練ですか、先輩！」

むふうっと鼻息を荒くするナオ。

「そう、試練なのだ。敵は諸君もお分かりの通り、当代のバウスフィールド伯爵、クレイグ。正確には、奴が派遣した刺客《しかく》だろう。これから、君たちには敵の狙いの予測と、それが的中していた場合の対処方法を伝える。と言っても、既にやることは少ないのだが」

「だろうな。お前が以前から立てていた、不可解な策略のことだろう？　既に準備の大部分は終わっているのではないか？」

「いかにも。トーガは最後に、エルフの諸君に私の言葉を伝えてくればいい。シーアも協力してくれると助かる」

「うん、分かったよ。でも、協力って何を？」

「避難勧告だ」

□□□

昼を過ぎた頃合いである。

「来たぞ」

遠くを見ていたトーガが伝えてきた。

人間の目では、視認できるかどうか怪しいくらいの距離に、招かれざる客がやって来たということだ。

「ナオも確認してみてくれ」

「はい！　詠唱省略、魔力感知《ディテクトマジック》」

魔法の行使と同時に、ナオは眼鏡のアーティファクトを起動した。

これによって、ナオが生来持つ魔力感知《ディテクトマジック》能力と、魔法による魔力感知《ディテクトマジック》、そしてアーティファクトが補助する効果が重複し、より細やかな魔力に対する分析力を発揮するのである。

「あー、トーガさんの言う通りです。いますね。なんか変なのを持ってます。えっと、ここからじゃ小さくてよく分からないんですけど、一つ、二つ、三つ……全部で八つくらい。背負ってますね。それを下ろしてるみたいです。凄い魔力が溢れてます」

「どうかな、トーガ。君から見て、特定の精霊力があちら目掛けて集まっているということはないかな？」

「満遍《まんべん》なく、あらゆる精霊力が吸われていっている。神官の女が作った、像に近いな。だが、あれよりはもっと、精霊力の流れが急速だ。このままでは、遠からずあれは破裂するぞ」

あれ、とは。

「ナオ、アーティファクトの効果を望遠に。魔力感知《ディテクトマジック》が少し落ちてもいいから、正確に、彼らが展開しているものを見てくれ」

「はい！　望遠っと……！　見えました！　あれって……なんですかね？　金属の柱みたいです。それを輪のように並べてます」

「輪には印や、模様のようなものがあるかい？」

「あ、はい！　サニーさんが刻んでいた、神様の印に近いですけど、もう少し違います。ええと、こうしてこうして、こう書いて」

ナオの指先の動きを見て、手乗り図書館の上で再現してみる。

なるほど、こういう形の印か。

見たことはないが……。

「手乗り図書館、この印と符合する記録はあるか？」

手乗り図書館は、ぼんやりと光を放ち、それを点滅させる。

どうやら、記録には無い。

ならば、どうする？

私は、質問の仕方を変えてみた。

「手乗り図書館。この印が何を行うものなのか。印を八つ並べて、輪を作る意味。神像に似た、魔力を吸い上げる力。破裂すら伴うような、急速な魔力の吸収。これはなんだ？」

手乗り図書館は、一瞬、その光を止めた。

一呼吸ほどの間だ。

そして、次にそれは強く輝いた。

図書館の上に、一つの記録が表示される。

『召喚の陣形、神紀《じんき》時代に、人間が天から地に神を降ろそうと作り上げた術式、精度不完全、柱数不足』

出た。

私が知らない知識だ。

手乗り図書館は、恐らくある種の条件が揃うことで、完全に未知の知識を吐き出すことがある。

ナオに魂を与えた時。

軟らかな鏃を作り出した時。

そして、神を降ろす儀式を目の前にした時。

目の前で行われているであろう儀式で、何が起こるかは正確に判断できない。

未知の事象《じしょう》なのだから、それは当然だ。

だが、知識を得るためのキーワードはある。

「マルコシアス、質問をする。奴らは、あの儀式で神をどこに呼び出そうとしている？」

『その質問に答えよう』

私の横に、魔狼が歩み出た。

その目が、白目の部分まで金色に染まる。

強く魔を帯びた者の目は、黄金に輝くという。

質問への解答を得るため、マルコシアスが魔力を使用しているのだ。

魔力を使って、未知を既知へと変える行為。

やはり、マルコシアスは手乗り図書館と同じ、どこかにアクセスしているのではないだろうか。

『人間たちは遺失《いしつ》魔法を使用し、戦神の側面を森の寺院に呼び出そうとしている』

「もう一つ質問ができるなら、聞きたい。彼らがその知識を得たのは、どこからだ？」

『その質問に答えよう。バウスフィールド伯爵は十年前に、遺失魔法の継承者《けいしょうしゃ》であるガーシュインを迎え入れた。全てはガーシュインの魔法だ』

そして、マルコシアスは押し黙り、そのまま地面に寝そべってしまった。

今日の分の解答は全て終えたということだろう。

だが、これで十分だ。

「兄さん、大変！　岩窟に精霊力が集まってるって、長が！」

シーアが叫ぶ。

彼女の後ろには、エルフの通り道が展開している。

里からの連絡を受けたのだろう。

「ジーン、全て予測通りか？」

「ああ。予測していたとも。私を里に連れて行ってくれたまえ。これから事態は大きく動くぞ」

私は振り返り、エルフの通り道へと向かった。

「先輩！」

「任せておきたまえ。ナオ、君は儀式を観察。記録を取っておくように。カレラ、サニー、例の不完全な印を刻んだ神像を、ちょっとずつ配置しておいてくれ。マスタング、ボルボ、ビートル。向こうから物理的にも攻めて来るぞ。備えておくんだ」

「分かったぜ、ジーンさん！」

「帰って来たばかりでこの騒ぎとは、少々堪えるのう」

「私はゴーレムを展開しておきましょう」

「まさかサニーの神像が役立つなんてねぇ」

「ううっ、失敗した印をわざと刻むのは辛かったです」

冒険者たちが、口々に返答する。

この場は彼らに任せ、私はワイルドエルフへ、直接言葉を伝えに行くのだ。

それと、岩窟……あの寺院で、何が起ころうとしているのかを見ておかねばな。

第六章　辺境の賢者ジーン、あるいは神を殺す者

神降臨と分析

エルフの里に到着すると、既にそこはパニック状態になっていた。

誰もが一方向を指さし、何か叫んでいる。

エルフ語の心得はあるが、気が動転した彼らの乱れた言葉は分かりづらい。

こういう状況の時、自分も彼らと同じ行動を取ってみるのが良いのだ。

「どれどれ」

私はエルフたちに倣い、振り返った。

そこには……生い茂る森の木々があり、決して背が低くはないそれらを超えて、何か巨大なものが出現しようとしているのだった。

ぼんやりとした輪郭が、空を切り取っている。

それは徐々に色づき、実体を持ち始める。

「あれが……人間の神か……！」

「何、あの精霊力……！　おかしいよ……！」

トーガとシーアが震える。

私の目には、魔力を捉える力が無い。

そのために、現れた何かはただただ大きい、奇妙な人型としか見えない。

魔力を精霊力として見える、エルフの目には違うのだろう。

「いかにも。あれが神だろう。さあ二人とも、仕事だぞ。エルフの言い伝えや、壁画のこと、そして私の推測が正しければ……あれは、エルフだけを狙って動き出すぞ」

「ジーン、お前、あれを見てなんとも思わないのか……!? 精霊力が見えないとしても、あれだけの大きさの怪物だぞ!」

「壁画にあった通りのサイズだ。岩窟にあった壁画は正確だったのだな。そして、巨大なものを見ると、生物は本能的に恐怖を感じるものだ。別に、君たちの反応はおかしくはない。私だって怖い。だが、これは予測済みだ。シーア、避難勧告を」

「う、うん！ みんな！ 昨日言った通り、作った置き物を持って逃げて！」

シーアが声を張り上げる。

だが、大声を出しても、パニックになっているエルフたちにはなかなか届かない。

中には、精霊魔法を発動して、風の矢や土の弾丸を、神目掛けて飛ばす者もいるくらいである。

魔法は実体化しつつある神に命中している。

そして、神の肉体に吸収された。

「な、なんてことだ……！」

「精霊魔法が通じない！」

ざわめきが広がる。

「それはそうだろう。あれは、精霊力を吸収して己の力とする神だ。精霊魔法とは、精霊力そのものだろう？　ならば、それを神に向けて放つことは、あれに餌をやることに等しい」

私の声が、思った以上に朗々と、辺りに響いた。

横を見ると、トーガが頷く。

彼が精霊魔法を使い、私の声を拡大してくれたようだ。

「おお、あんたは、魔狼を手懐けた者！」

「あれがなんなのか分かるのか！」

「落ち着きたまえ」

彼らをなだめているうちに、エルフの長と老婆もやって来た。

「魔狼を手懐けた者よ。あれはまさか……」

「人間の神なのかい？」

流石、二人の理解は早い。

「その通り。狙いは君たちエルフだ。精霊魔法は通じない。ここは森の外への撤退を進言する」

端的に、私の要請を伝えた。

長は一瞬驚いた顔をしたが、すぐに頷く。

「みんなー！　置き物を持って、通り道を作って！」

シーアの声が響き渡った。

今度は精霊魔法で拡大しているようだ。

そして、長と老婆も、周囲のエルフたちへ声を掛け始める。

「皆、外へ逃げよ！」

「あれは伝承にあった化け物だよ！　お逃げ！」

ばらばらと、エルフたちが逃走を始める。

だが、納得いかない者もいるのだ。

「里を捨てて行けというのか！」

「人間が呼び出したのだろう⁉　逃げることは敗北を意味するぞ！」

血気盛んな若いエルフたちである。若いということは、怖いもの知らずでもあるのだ。

だが、それは今は命取りである。

そら、ほぼ実体化を終えつつある神が、我々を睥睨《へいげい》し始めている。

そのフクロウに似た巨大な顔で、丸い目をこちらに向ける。

「問題無い。何故なら、我々は勝利するからだ。そしてこの戦いに、森を巻き込むわけにはいくまい。この逃走は敗走ではない。森を守るため、戦場を変えるため、転進するのだよ。さあ、行きたまえ」

一息に告げた私の言葉に、若者たちは唖然《あぜん》とし、少し遅れてから頷いた。

「さあ行け！　死にたくなければな！　あの怪物は、魔狼を手懐けた者が相手をすると言っている！　そしてそれには、我々試練の民の力も必要なのだ！」

トーガが叫びながら、エルフたちを急《せ》き立てた。

次々にエルフの通り道が作られ、彼らはそこに逃げ込んで行く。

最後に残ったのは、長と私だ。

「やれるのかね、魔狼を手懐けた者よ。今はもう、伝承にある大精霊使いはいない。あれと戦える妖精など生み出せはしないのだぞ」

「個人の超人的努力による勝利に意味は無い。我々は、集団の力で、必然としてあの障害を取り除かねばならないのさ。大丈夫だ。既に、備えは終わっている」

私はそう告げながら、神を見据えた。

彼の目が、私と合った気がする。

神は、私のいる場所に向かってゆっくりと歩き始めた。

その口が、カッと開かれる。

放たれるのは炎だ。

「ゴーレム、汝に命を与える」

私がポケットから取り出したストーンゴーレムは、巨大化して炎を遮《さえぎ》る。

その表面が、黒く煤《すす》けていく。

「通常の炎程度の温度か。長、見たまえ。森はほとんど燃えていない」

「おお……」

エルフの長が目を見開く。

「伝承では、人間の神は森を焼いたと言われていたが……」

「森を構成する木々には、多くの水分が含まれている。乾燥した森ならいざ知らず、スピーシ大森林は豊かな水をたたえた森だ。ただの炎で、容易に焼かれることはない。だが、伝承が真実だったとするならば、その時に使われた炎は今の炎よりも、より強力なものだったと言えよう。つまり」

私は神の挙動を、手乗り図書館に記録する。そうしながら、エルフの通り道に向けて後退した。

「あの神は本来の能力を発揮できていないということだ。実に好都合だ」

準備万端

「さあ諸君、仕事だ。任せておいたものの用意はできているかな？」

エルフの通り道をくぐり、開拓地まで戻って来た。

私はそれと同時に、声を張り上げた。

避難を終えていたワイルドエルフが、一斉に振り返る。

「せんぱーい!!　無事だったんですねぇ！」

ナオがジャンプして手を振ってきた。

私も手を振り返す。

背後からは、巨大なものが森を進んで来る足音がする。

木々を掻き分け、一直線にスピーシ大森林を走破する。

恐るべき速度の、神。

「諸君！　既にこの戦いは決している。あれは、諸君の祖先が戦い、多大な犠牲を払って倒した、人間の神だ。強大な敵だ。かつてはワイルドエルフの偉大なる精霊使いが、身を挺《てい》してそれを倒した。残念ながら、その精霊使いはもういない」

私は語りながら、開拓地を抜けて行く。

そして、ワイルドエルフの一行を先導するのだ。

この辺り、特定の道以外は私とビートルが掘り返し、まるで落とし穴のようになっている。

危険である。

「今こうして、神は復活した！　しかし、かつて精霊使いがあれを倒した記録は残されていた。どこにか？　それは、諸君の伝承にだ。そして、諸君の祖先は森奥の寺院に、その時の戦いを壁画として残していた。これら全てが、今繋がる」

私に続いて歩き出す、エルフたち。

彼らは既に、パニック状態ではなかった。

神妙な顔をして、私の言葉を聞いている。

その手には、めいめい、自由な造形で作られた置き物の数々。

頼んだ通り、不完全な印がそこ、ここに施されていた。

「先輩、儀式は全部終わったみたいです。刺客らしき人たちが、マスタングさんたちと戦ってたんですけど、みんな落とし穴に落っこちました」

ナオが合流し、報告してくる。

それに合わせて、マスタングたち冒険者一行も合流だ。

「素晴らしい。で、儀式を行っていた魔術師たちは？」

「あいつら、距離を取って観察しているみたいだ。高みの見物のつもりなんだろうぜ、くそっ」

感情的なマスタングの言葉を受けて、遠くを見る。

なるほど、魔術師たちは辛《かろ》うじて視認できる所に陣取っている。

あの距離なら、彼らが呼び出した神が無差別に暴れたとしても、巻き込まれまい。

神が我々を蹂躙《じゅうりん》した記録でも持って帰るつもりなのだろう。

遺失魔法の継承者、ガーシュインとやらの所にだ。

「いや、彼らは気の毒だよ。なんの成果も持ち帰ることはできないのだからな」

トーガが頷いた。

「見せてくれ、ジーン。お前が何を調べ、そして何を企んできたのか」

「企むとは人聞きが悪い。これは情報と、分析と、そして周到な準備が生み出した必然だよ」

私のその言葉と同時に、森を引き裂きながら神が姿を現した。

ふくろうのような頭部、丸く輝く目。

吐き出す炎は、森の葉を焦がしている。

長時間一箇所に吐けば森を炎上させるであろうが、かの神は移動している。

今のところ、森にさほどの被害は無い。

「来たぞ、魔狼を手懐けた者よ！」

長が、緊迫した声で叫ぶ。

私は、すっと息を大きく吸い込んだ。

そして、叫ぶ。

「全員、私に続いて逃げろ!!」

私は駆け出した。

「ゴンドワナ！」

ナオが呼ぶと、荷馬たちがやって来る。

ゴンドワナがナオを乗せ、乗用馬たちは冒険者を乗せる。

ローラシアに乗るには、私は少々体が大き過ぎるため、並走することになる。

「うわわわ!!　あいつ、追いかけて来るよ!!」

シーアに言われるまでもない。

壁画では、あの神はエルフのみを凝視していたのだ。

つまり、あの寺院に設けられたなんらかの術式は、エルフを標的として定めるようになっていたと考えられる。

となれば、標的であるエルフを一斉に逃がせばいい。

神は勝手に、こちらに付いて来る。

そして……。

森を越えた神が、開拓地を出た。

一歩、二歩。大股で歩んだその時である。

神の片足が、軟らかくほぐされた地面に沈み込んだ。

『────!!』

神が初めて、声らしきものを上げる。

巨体が傾《かし》ぐ。

「あの大きさでは、落とし穴は避けられまい。諸君、停止だ。ここで迎え撃つぞ!!」

私は声を張り上げた。

幸い、息は切れていない。

開拓地に来てから、毎日がフィールドワークである。体が鈍《なま》っている暇など無いのだ。

私の声に合わせ、エルフたちが立ち止まる。

たくさんの視線が私に注がれた。

「置き物を地面に。そして、印に魔力を……精霊力を注ぎ込むんだ。印を活性化させるぞ！」

里にいた、老若男女全てのワイルドエルフが、めいめいに持った置き物。

これに刻まれた印が、精霊力を浴びて輝き出す。

それらは、サニーが神像に彫った、出来損ないの印と同じ効果を発揮するようにしてある。

即ち、手当たり次第、周囲の魔力を吸い込むのだ。

『────!!』

落とし穴からようやく抜け出した神。

こちらに向けてまた進もうという所で、また落とし穴に嵌《は》まる。

憎々しげにこちらを睨み、神は大きく口を開いた。

「先輩、あれって！」

「炎を吐くのだろう。だが、あの炎も、魔力を使って放たれているものに過ぎない」

激しく吐き散らされた炎は、瞬く間に私たちまで到達した。

だが、それは我々を焼き焦がすことなどなく……。

ばらばらの魔力へと分解され、置き物へと吸収されていったのである。

「ワイルドエルフの人数分作られた、魔力をデタラメに吸い上げる神像もどきだ。それを前に、無駄に魔力を使うのは愚策だぞ」

『────!!』


神が咆哮《ほうこう》を上げる。

それは、既に己を取り繕う余裕を失っている。

その腕を地面につけ、まるで四足の獣のようになった。

そして、力ずくで落とし穴地帯を抜ける。

震動が、辺りに響き渡る。

巨体が猛烈な勢いで迫って来るのだ。

エルフたちから悲鳴が上がる。

「問題無い。かの神が、偉大なる精霊使いが召喚した大妖精と戦った時、周辺の魔力を吸い上げられなくなり弱っていったそうだ。つまりあれは、こちらが先に魔力を吸い尽くしてしまえば……」

神の動きが、突如鈍くなった。

猛烈な勢いがついていた巨体だが、手足が付いて来ない。

神がつんのめり、転倒した。

地面を滑りながら、その巨体がこちらにやって来る。

慌てて距離を取るエルフたち。

私は動かない。

「先輩!!」

「問題無い。こんなこともあろうかと、用意しておいたのさ。神像よ、汝に命を与える」

私が取り出したのは、自ら作った神像だ。

既に、印は活性化している。

そしてさらに、神像は巨大化した。

出現する、ウッドゴーレム……いや、神像ゴーレム。

それは、迫り来る神から猛烈な勢いで魔力を吸い上げながら、敵の巨体を全身で受け止めた。

神が停止する。

その位置は、私の目と鼻の先。

「情報は、記録は嘘をつかない。情報が集まれば、次に起こることは自明の理。後は、起こり得る事象に備えればいい。既知の出来事に対しては、これで全て対応ができる。さあナオ、実学の時間だ」

神を解析せよ

心なしか、神が小さくなっているように見える。

いや、確かに縮小しているのだろう。

我々が用意した神像が、魔力を吸い上げる効果を発揮しているからだ。

「さあ諸君！　反撃といくぞ！」

私が宣言すると、エルフたちが、冒険者たちが気勢を上げた。

のたうち回る神に向かって、気が早いエルフが精霊魔法を飛ばす。

「あっ、いかん」

私は慌てた。

その場から急いで下がる。

精霊魔法を打ち込まれた神は、急に活性化し、神像ゴーレムを押しのけて立ち上がり始める。

「諸君！　魔法は禁止だ！　あれは精霊力を吸い上げて動く怪物だぞ。魔法を放つだけ、あれの力に変えられてしまう！」

これを聞いて、トーガが顔をしかめた。

「だとしたら、どうしろと言うのだ！」

「君たちエルフには、魔法を使いながら魔法ではない攻撃方法があるだろう？　そう、必中の矢だ」

エルフたちが一斉に、納得した顔をした。

めいめい、暴れ始めた神から逃れつつ、その四方で攻撃の準備を始める。

「先輩、わたしたちはどうしましょう？　先輩もわたしも、調べる方中心で攻撃とか全然だめじゃないですか」

「ああ。直接手を下すのは我々の流儀ではあるまい。ナオ、ゴーレムを護衛にして、神の周りを巡ってみよう」

「はい！　ゴーレムよ、汝に命を与えるー」

ナオが放り出したのは、陶器の欠片《かけら》だ。

そこから生まれるはクレイゴーレムである。

「強度的にどうかな……？」

「これしか持ち合わせがないんですけど」

仕方あるまい。

クレイゴーレムを護衛として進もうではないか。

「待って！　二人とも不用心過ぎ！　ジーンもナオも、自分たちがここでどれだけ重要か分かってないでしょ！」

そこへ走って来たのは、シーアである。

彼女は我々の横に並ぶと、

「私が護衛してあげる。また何か考えてるんでしょ？　あのでかい奴をやっつける手！　何かあっても守るから、じっくり考えて！」

これはありがたい。

シーアとクレイゴーレムに守られて、我々二人は神の後方へと回り込んで行く。

おっと、瓦礫《がれき》が降って来た。

これは、シーアが放った風の魔法が軌道を変える。

「直接、あいつに精霊魔法をぶつけなきゃいいんでしょ？」

「そういうことだ。近くで使用すれば、若干量の精霊力は吸収されるだろうが、それは周囲に配置された神像がさらに吸い上げるから誤差に過ぎない」

「つまり、そうだよ大丈夫！　っていうことです！」

シーアが、難しいこと分からない、という顔になったので、ナオがフォローを入れる。

そのフォロー、要約になっていないような？

神は暴れながら、足元に群がるエルフを薙《な》ぎ払おうとする。

万全の神であればできたのだろうが、今の彼は動きが鈍っている。

俊敏なワイルドエルフは、この攻撃を見切って、回避しながら攻撃を続けたのだ。

放たれた矢が、神の体に突き刺さる。

あまりにも標的が巨大で、刺さってもさしたるダメージは与えていないように見える。

しかし、神の体を構成する成分が、ばらばらと落ちてきた。

「ほう、これは……」

私はそれを拾い上げた。

一見して、黒い土塊《つちくれ》のように見える。

指先で削って、舐めてみた。

すると、女子二人が突然吹き出すではないか。

「ぶふっ」

「ぷぷーっ！」

「何がおかしい」

「いや、あの、思い出しちゃって！」

何を思い出すと言うのか。

さて、舐めてみたところ、これは土の味だ。

つまり、あの神を構成するのは土ということになるのではないだろうか。

『────!!』

何か叫びながら、神が地面を強く踏みしめる。

震動が我々を襲った。

「きゃっ！」

転びかけたナオを受け止める。

そうしながら、私は神を観察した。

彼の体は、自らが起こした震動にも反応し、肉体を構成する欠片をこぼしている。

「ナオ」

「あ、はい先輩！　わたし、重かったですか⁉」

「いや、そうではない。神の体が、動く度に欠片をこぼしている。全身を構成する素材が土なのだとしたら、何がそれを神の形に繋ぎ留めていると思う？」

「あー」

何故か、ナオが安堵《あんど》したような顔を見せた。

シーアが難しい顔をする。

なんだ、なんだと言うのだ？

「あ、えっとですね。あの崩れ方ですよね。見た感じ、こぼれる土には魔力が無いんで、神が纏っている魔力はあれの内側から湧いているんだと思います」

「核が内部にあるか。なるほど……」

「それと、さっき先輩が舐めてた土なんですけど」

ナオが私の手を握った。

自分の顔の所まで持ち上げてきて、そして彼女も私の指を舐める。

「あっ」

シーアが目を丸くした。

エルフの反応をよそに、ナオが目を閉じて何かを考える。

「これ……岩窟の所にある土ですね。同じ香りがします」

そうか。

ナオは、岩窟で木を乾燥させる時、周囲の土をマッドゴーレムにして使役し、岩窟の蓋にしていた。

彼女にとって、この土は覚えがあるものだということだ。

「舐める必要あったの……」

シーアが何か呟いているが、それは今は重要ではない。

「ということは、あれは特殊なゴーレムということか……！」

「はい、そうなります！　ただ、核の部分に魔力を集めて、周りから吸い上げる魔力と合わせて体を維持してるみたいなので、お決まりのキーワードで自壊はさせられないと思います」

ゴーレムよ、汝の命を奪う……というのがお決まりのキーワード。

これで自壊するからこそ、ゴーレムは誰にでも使えて、誰にでも停止させることができる便利な労働力として存在しているのだ。

だが、これは我々の時代のゴーレムだからこそ持っている、安全装置のようなもの。

「だろうな。あれは恐らく、神代《じんだい》のゴーレムだ。だが、人が作り出したものに違いはない。必ず、あれを停止させる方法がある」

「はい。わたしもそう思います！　でも、だとしたらどういう方法なんでしょうか」

「ゴーレムを停止させる時、我々は外から声を掛けて停止させる。直接触れることはしない。それは起動する時も同様だ。では、この神を模《も》したゴーレムはどうだ？」

「停止方法は分かりませんけど」

「停止は分からなくても、起動方法は分かるはずだ。我々はそれを目の当たりにした。特に、君がだ、ナオ」

「はい！　あの儀式ですよね。ずっと見てました！」

ナオの目が輝く。

「なんでわたしを置いて行ったのかなーって、ちょっと凹《へこ》んでたんですけど納得しました！」

「そう。こんなこともあろうかと、魔力の解析に長けたナオに頼んでおいたのだよ。そして、どうだったかね？」

「えっと」

ナオは、神を起動させるために使われた儀式を、目撃し、メモを取っていた。

彼女のベルトポーチから取り出されたメモ群が、私に手渡される。

「八つの印が魔力を吸い上げ、やがて破裂したか。だが、魔力は飛散せずに一方向へと放たれた……！」

「そうです！　それは、あっちです！」

ナオが指さすのは、スピーシ大森林だ。これを見て、シーアが息を呑んだ。

「岩窟が……寺院がある方向だ。そこに直接精霊力を送り込んで、怪物を目覚めさせたんだ……！」

「そう、その通りだ！　神を覚醒させた印は失われた。だが、その場となった寺院は残っている。ならば、神を止めるための鍵は寺院にある！　シーア、エルフの通り道を開けてくれ。寺院に戻るぞ！」

印はここだ

シーアが作り出したエルフの通り道を、全速力で駆け抜ける。

岩窟へと戻り、そこにあるであろう、神を構成している魔法陣や印を探るのである。

「先輩、急いでるのに、荷物持ち過ぎじゃあ……」

すぐ後ろを走るナオの声が聞こえる。

私は、背中にはフィールドワーク用の採集道具を背負い、腰には酸の類が入った瓶、空瓶、などなど。

開拓地に戻り、急いで用意して来たものだ。

なかなか重いため、全力で走っているつもりでも速度が出ない。

「しかし、これは必要な道具なのだよ。向こうで、神の印なりを見つけ出したとしても、これに手を加えられないようでは意味が無い。考えられる限りの状況に、対応できる装備を持って行くのが最善だろう！」

採集道具を、一箇所に集めてあって良かった。

最近では使う機会が減っていたため、自室の隅に積み上げてあったのである。

それを一気に袋に詰め込み、背負ったのが今の姿だ。

「やばい、やばいやばいやばい！」

先頭を走るシーアが、ちらちらこちらを振り返りながら口走る。

「どうした？」

「後ろっ！　き、気付かれた！」

「後ろ？」

走りながら振り返る。

当然、走る速度は落ちるのだが、好奇心に抗《あらが》うのは難しい。

すぐ後ろで、ちょっと息を荒くしながら走るナオ。

彼女からずっと離れた所に……巨大なものが見える。

あれは、外で戦っていたはずの神だ。

それが、エルフの通り道に、なんらかの手段で侵入し、追跡して来る。

「これは……わざわざ外に誘い出した意味が無くなるというものだな。だが、今岩窟に戻られることは、あれにとっては必死に追いかけて来るほど嫌なことなのだろう。我々が取ろうとしている手段は正解だぞ」

「ジーンはなんで余裕なのー！」

「せ、先輩、は、理論が実証、されると、嬉しいです、もん、ねっ」

ぜいぜい言いながら、言葉を紡ぐナオ。

苦しそうである。

彼女、体力はそれほど無いからな。

「ナオ、私の手に掴まれ。引っ張って走ろう」

「は、はいっ！」

私は、彼女の小さな手を握った。

魔族の血が混じるこの体は、ナオ一人を引っ張ったところでさしたる負担を感じない。

神に追いつかれることなく、通り道を駆け抜けるくらい造作もなかろう。

果たして、この回廊《かいろう》の出口はすぐに見えてきた。

周辺の光景を分析する余裕が無いのは惜しいが、今は余所見よりも大事なことがある。

飛び出したのは、岩窟の前。

「なるほど、岩窟周辺の地面が抉《えぐ》れている。まるで岩窟を中心にして、この辺りの土が同心円状に吹き飛んだかのようだ。即ち、神はここの土を使って構成されていると言えよう」

「なるほどです！」

「立ち止まって調査したいのはやまやまだが、今はその余裕が無い。神の撃退に注力するぞ。ナオ、眼鏡を！」

「はい！　詠唱省略、魔力感知！」

ナオが、眼鏡型アーティファクトを起動し、同時に魔力感知《ディテクトマジック》の魔法を使用する。

「外は……表から見ると反応無しです」

「そうか。ではぐるりと回ってみるか」

「二人とも、なんで落ち着いてるわけ!?　ああ、なんかやって来るよ！　あいつ、自分で通り道を作って来る！」

我々の背後で、木々が裂けるような音が響き始める。

巨大なものが、出現しようとしているのだ。

「シーア、落ち着きたまえ。こういう時、焦れば焦るほど失敗し、むしろ時間がかかるものだ。緊急時ほど落ち着き、日常の動作を思い出しながら間違いが無いよう行動すべきなのだ」

「分かるけど！　なんでこんな大変な時に実行できるの⁉」

「先輩はそういう人ですからねえ」

我々は小走りになり、岩窟へと向かった。

ついに、背後では神が姿を現す。

それはシーアだけではなく、我々全員を見て、その目を見開いた。

『―――!!』

吠《ほ》える。

だが、構ったことではない。

神がなんらかの攻撃をしてこないかだけを注意し、私は二人を連れて岩窟の裏側に移動した。

ナオの目は、魔力感知を起動し続けている。

そのため、強い魔力に覆われている神を直視すると、目を痛めてしまう可能性があった。

背後を気にする目の役割は、私が果たせばいい。

「どうだ、ナオ。この辺りの岸壁に、壁画が描かれているのだが」

「あ、はい。微弱な魔力は感じます。だけど、これは印に関係してないと思います。多分、壁画を保存する魔法がかかってるんじゃないでしょうか」

「そうか。では、残る可能性は一つだな。岩窟の中だ」

私の言葉を聞いて、シーアが悲鳴を上げた。

「あいつが迫って来ているっていうのに、正気⁉」

「私は常に正気だ」

「先輩の正気は、だいたいいっつもボーダーラインですよね」

「うむ。狂気との境界線はしっかり理解している。そこを踏み越えなければいいのだよ。そう難しくはない」

「頭おかしい……」

失敬な。

そうこうしている間にも、神が岩窟をぐるりと巡って来た。

我々を見据えて、その口から炎をちらつかせる。

だが、既に炎を吐くタイミングは覚えている。

口を開き、魔力を束ね、姿勢を正してから炎を吐く。

三つのステップを経過する前に、神の正面から軸をずらせば炎は当たらない。

「二人とも、岩窟の周囲を回るぞ。神は炎を吐きかける時、動きが緩慢《かんまん》になる」

ナオの手を引っ張り、シーアの背中を押し、神の視界から外れるよう移動する。

その直後に、炎が我々の背後を駆け抜けて行った。

「ひぃーっ！　なんだか炎の勢いが増してるし！」

「明確な殺意を感じるな。だが、今までが手加減だったわけではないだろう」

私は岩陰から、神を覗いた。

その口回りが、黒く焦げ、崩壊しかけている。

「自身の保護を後回しにし、我々の排除に全力を使っているのだ。つまり、私たちの行動は彼に焦りを与えるものだと考えていい。いいぞ、私は正解に向かっている」

神が再び動き出す。

さあ、追いつかれる前に、岩窟の中に飛び込むのだ。

岩山の形をしたこの寺院は、小さな城ほどの大きさがある。

周囲を走るだけで、ちょっとした運動だ。

いよいよナオの息が切れてきたところで、入り口に到達した。

これで、寺院をぐるりと一周したことになる。

「どうだ、ナオ」

「は、はいっ。中から、魔力の光を感じます！　前はこんなことなかったのに……」

「外部からの儀式で、魔力を注ぎ込まれたためだろう。活性化しない限り、印は魔力を発しないのかもしれない」

入り口から、岩窟の中に入る。

周囲は、建材を乾燥させた時に発生した煤で汚れている。

そんな周囲には目もくれず、ナオは岩窟の中心まで歩いた。

そして、目線を天井に向ける。

「あそこです……！」

私もまた、天井を見上げた。

魔力感知《ディテクトマジック》を使っていなくても分かる。

それは、ぼんやりと光り輝く、巨大な印だったのだ。

伝説の更新

「天井いっぱいに印が刻まれてる……！」

シーアがため息を漏らす。

巨大な人造の神に追われているという状況でなければ、見とれてしまうほどの美しさだ。

光が織り成す、幾何学模様の印は、魔法陣でもある。

「ここから光が溢れて……魔力になって、外に繋がってます」

ナオが、眩しそうに目を細めながら言う。

「魔力感知はもう解いていいだろう。問題は、目の前のこれをどうするかだ。直《じか》に触れて確認してみたいが」

天井の高さはかなりのものである。

以前に、ウッドゴーレムを高く積み上げても、つっかえなかったくらいだ。

「ナオ、足場は作れるかね？」

「はい！　マッドゴーレムでいいです？　ここ、土しかないから、ちょっと不安定でぐらぐらするかもですけど」

「じゃあ私が手伝うよ。ナオのゴーレムに、私の精霊を混ぜて硬くする」

ナオとシーア、二人の共同作業が始まった。

詠唱を行わないナオと、身振りと短い詠唱で精霊魔法を完成させるシーア。

作業時間はとても短い。

だが、外には神が迫っていた。

洞窟内に響き渡る轟音《ごうおん》。

「ひゃっ」

「きゃっ」

女子二人が悲鳴を上げる。

神が、岩窟を叩いたのだろう。

「見境が無くなっているようだな。下手にこの岩窟が崩れてしまえば、彼も形を保っていられまい」

「ですけど、ここが壊れちゃったらわたしたちも生き埋めですよう」

おっと、そうだった。

では、こちらも作業を急がねばなるまい。

目の前には、ナオとシーアが作り上げた、階段状のゴーレム。

私は、岩窟を襲う震動に注意しつつ、一段一段、上っていった。

階段の半ばほどまで来た頃合いで、とびきり大きな音が響き渡った。

岩窟の入り口の、真上辺りに大きな穴が開く。

「き、来たあ」

「ひえーっ」

ナオとシーアは、慌てて階段ゴーレムの陰に隠れた。

開いた穴からは、外の光が差し込んで来る。

そこから覗くのは、神の両目だ。

それは、穴から手を突っ込み、無理矢理《むりやり》に広げようとしてくる。

岩窟全体がグラグラと揺れた。

「これは危ないな」

私は荷物から、棒を取り出す。

折りたたんでいたものを伸ばし、固定する。

これは本来なら、高い木の枝や、木の実を落としたり、洞窟で先を探ったり、沼や池の深さを測ったりするものである。

「即席の杖《つえ》としては、こんなものだろう」

震動のタイミングを見極めながら、杖を突いて上を目指す。

やがて、最上段に到着した。

私の手が、天井に届く。

「なるほど。直に岩肌に刻まれているのか。そこに、なんらかの魔法的な力を持った塗料を流し込み、印の力を強めている」

指先でなぞると、印の周囲から真っ黒なものが取れた。

煤である。

先日、建材を乾燥するために、岩窟を窯として使用した。

その時に付いたもので、このすすが印に貼り付いているのだ。

「神が本来の力を発揮できないのは、煤によって印の働きを妨害されていたためか。やはり、印はデリケートなものなのだな」

私は棒を伸ばし、印全体をなぞってみる。

その形を頭の中で思い描く。

「サニーが刻んだ、出来損ないの印は、全体の形は違うが一部を歪曲《わいきょく》させることで魔力を吸収する力を得ていた。これとは、どこがどう違う？」

手乗り図書館を起動する。

サニーの印を呼び出し、そこに、岩窟に刻まれた印を重ね合わせてみる。

サニーの印は慈母神の印。

これは、戦神の印。

……ということは。

慈母神の紋章を呼び出し、参照する。

サニーが刻んだ印は、これを象徴化したものに見える。

心臓と、手のひらを組み合わせた形。

手のひらが心臓を覆うようになっている。

これに対し、サニーの印は歪み、手のひらが外に向かって広がっている。

外から心臓に向けて、魔力を呼び込む形だ。
対する戦神の紋章を呼び出す。
これは、剣と槍を握った手の形。
それに比較して、天井に描かれた印は……。
一際大きな震動が起こった。
私はバランスを崩し、落ちかける。
危ういところで、棒を天井に突き立てて落下を免れた。
「穴が広がりました！」
「入って来そう！　もうだめぇ」
女子たちの悲鳴が大きくなる。
もう少し、あと少しだけ時間があればいいのだ。
神め、少々待ってくれるつもりは無いのか。
その時である。
私の祈り……というほど殊勝《しゅしょう》なものではないが、それが天に通じたのか。
神の動きが止まった。
外から、大勢の声が聞こえる。
これは天に通じたのではないな。
必然だ。
ワイルドエルフたちが、冒険者たちが駆けつけたのだ。

本来ならば人間は進入禁止であろう森。

しかし、どういうことか、エルフは冒険者が入ることを許した。

彼らが、神に向かって攻撃を仕掛けているのである。

『――――!!』

神の叫び声。

巨体の動きが、鈍り始めている。

どうやら、魔力を吸い上げる置き物も持ち込まれているようだ。

ありがたい。

私は手にした貴重な時間を使い、戦神の紋章と、印を確認する。

「これだ。槍を握る手の横に、外に向かって広げられた手。剣を握る手の横に、こちらに向かって突き出された手がある。手の数が多いのか。この歪みが、外に向かって突き出された手なら」

私は、腰に下げた瓶を、一つ棒にくくりつけた。

入っているのは、石から鉱石やなどを取り出す際に使用する、強力な酸である。

これを使う前に、私は階下に隠れているナオとシーアに向かって叫んだ。

「二人とも、私はこれから、強力な酸を使うぞ！　かからない場所へ移動するんだ！」

ナオはすぐに察したようだ。

シーアの手を引いて、岩窟の奥まで退避《たいひ》する。そして、ナオは私に向かって声を張り上げた。

「先輩、やっちゃえーっ!!」

私は頷く。すぐ横には、こちらを覗き込む神の顔があった。

口が開き、その奥では逃げ場の無い我々を焼き尽くそうと、炎が渦巻いている。

「神よ。君がどういう存在なのか、私は調査し終えた。その強大な肉体を形成するのが、この印に刻まれた手から送られる魔力ならば……外から魔力を招き入れる方の手を、崩せばいい！」

棒を大きく振り回し、印の一部に向かって叩き付けた。

瓶が割れ、中の酸が飛散する。

それは、手の形に当たる部分に付着すると、猛烈な勢いで岩を溶かし始めた。

『――――!?』

神が身をよじった。

「あ、ま、魔力が！　印から出て行く魔力が、物凄く減りました!!」

ナオが叫ぶ。

私は彼女に向かって、声を張り上げた。

「狙い通りだ！　この印は、森の魔力を吸い上げ、それを神に送り込む効果を持っている！　今、森の魔力を吸い上げる部分を破壊した！　つまり、印は魔力を送り出すだけになるということだ。どれだけの魔力を内包している印かは分からないが、あれだけ巨大な人造神を動かすのだ。早々に、魔力は尽きる！」

『――――!!』

神の叫び声が響き渡る。

それは、岩窟に寄りかかりながら、ぶるぶると震えた。

やがて、巨体の輪郭が少しずつ薄くなっていく。

「消えていく……！」

「シーア!!　ジーン、ナオ！　無事か!!」

動きの鈍くなった神の股間を潜り抜け、トーガが岩窟内に駆け込んで来た。

必死の形相である。

「トーガ！　見たまえ！　人が作り出した神は、今、打倒される！」

「何っ!?　や、奴が……消えていく！」

我々の目の前で、神はゆっくりと、その形を失っていった。

大きな目が閉ざされていき、巨体はその端から、ぼろぼろと土塊になって崩れ落ちていく。

やがて、全身の崩壊が加速した。

巨体は形を成さなくなり、あっという間に、土の小山に変じていった。

それと同時に、天井の印も輝きを失ってしまったのである。

「ひ……人の神が、倒された……！」

エルフの長の声が聞こえる。

「伝説は、新たになった！　英雄もいらず、犠牲も無い……！」

私は階段を下りつつ、長の声に合わせて呟いた。

「神よ。君は未知の事象であったかもしれないが、かつて残した痕跡が、君を既知の事象とした。既知であるならば、必要な情報と洞察、実験による効果の検証。これらで対応ができる。君の敗北は必然だったのだよ」

エピローグ　～新たな芽吹き～

神が崩れ去った後に残った、土塊の山。

これを調べていたところ、意外なことが分かった。

魔力を豊富に含むが故に、ゴーレムを作るのにとても向いていたのだ。

「さらにさらに、ですよ先輩っ！」

ナオが興奮した様子で伝えてくる。

彼女の手には、一つの鉢植えがあった。

土の中からは、この森では見たことがない植物が芽吹いている。

「さらに、どうしたんだい？　それに、この植物は？」

「これはですね、麦の芽です！　なんと、植えてからほんの一日で、普通の麦が発芽したんです！」

「なんと……!?」

麦を育てるには、土を中和させなければならない。

さらに、堆肥《たいひ》などを使って土壌《どじょう》を改良する必要もあるのだが。

「この土が魔力を含んでいるので、それで麦を活性化させてるみたいなんです。神を動かすには全然足りない魔力でも、麦を育てるには十分なんですねえ」

「なるほど。では、この神であった土の山を用い、麦畑が作れるということだな？」

「はい！　魔力を使っちゃったあとは色々考えなきゃですけど、でも、スピーシ大森林の土は、魔力を与えると作物を育ててくれる！　それだけは確かですね！」

「素晴らしい！　これで開拓地における作物の問題は、大方解決したと言っていいのではないかな」

「あっ、そこなんですけど、やっぱりわたしたち、畑をやっていくのは素人じゃないですか。なのでここから先に進むには……」

「専門家が必要ということか！」

なるほど、道理である。

どうやらナオは、新たな専門家を招いて欲しいと上申《じょうしん》に来たようだ。

正しい判断だ。

私はそれを、一も二もなく承認した。

△△△

開拓地は、徐々に賑やかになってきた。

住民が増えたから……というわけではない。

これまで、我々の監視を行っていたエルフたちが、手を貸してくれるようになったからだ。

冒険者たちと談笑しつつ、畑を耕し、作物を世話し、あるいは馬に乗って森の周りを駆けるエルフがいる。

彼らと人間との距離は、少しは縮まったのかもしれない。

だとすれば、先日の神退治は、この森の歴史的に少しは意義があったと言えよう。

少し先で、ナオが鉢植えを土に埋めていた。

「これ、鉢植え型のゴーレムだから、埋めておけば土と一緒になるんですよ」

さらりと、革新的な技術の話をしてくる。

それは凄いことなのではないだろうか？

「まだ、芽が出たのは一本だけですけど、これをしっかり育てていけば、いつかはこの辺り全部が、緑の麦畑になりますよ！」

「うむ。この一本は、我々に大いなる知識を与えてくれるだろう。伸び、育ち、やがて花を咲かせて麦穂を実らせる。故に、枯らさないように細心の注意を払わねばな……！」

「が、がんばります！」

ぐっと胸元で両拳を構えるナオ。

この麦を育てる間にも、やることは山積みである。

まずは、農業の専門家を受け入れねばならない。

畑は作ったものの、エルフ麦と芋ばかりでは意味が無い。

これらは畑が無くとも育つ作物だからだ。

まずは食生活。

食を豊かにすればこそ、そこに住む人の心も豊かになる。

次いで住。

これはナオに任せればいいだろう。

そろそろ、新たな家が必要になってくるかもしれない。

そして衣。

研究を始めるところである。

しばらくは、男爵領から買い付けをした衣類を使う他あるまい。

「さて、どこから始めたものか……」

ナオを従え、開拓地を巡る。

広く、畑が広がり、大型ログハウスと厩舎が点在している。

まだまだ、我がビブリオス騎士爵領は始まったばかりなのだ。

考えを巡らせる私の肩を、ナオが突いた。

「先輩」

「うん？」

「ここを、いいところにしましょうね！」

メガネの奥で、彼女の赤い瞳がキラキラと輝いている。

私は頷いた。

「もちろんだとも」

この二人から始まった開拓が、今はたくさんの人々を受け入れている。

開拓地には、さらに多くの住民が集まることだろう。

「見ていろクレイグ。この土地を、お前の伯爵領よりも、ずっと栄えた土地にしてみせるぞ」

決意を込めて、口にした。

その時である。

「おーい、ジーン！　大変だ！　ちょっとこっちに来い！」

今や、私を名前呼びし、ぞんざいな口調で話し掛ける者は一人しかいない。

ワイルドエルフのトーガだ。

彼がシーアとともに、大慌てで走って来る。

「どうしたと言うのだ？　また一大事でも起こったのかね？」

「一大事に決まっているだろう！　いいかジーン、落ち着いて聞け」

到着したトーガは、息を荒らげながら私の肩を叩いた。

「移住希望者だ。男爵領からやって来たそうだぞ。それも、人間ではない。お前と同じ、魔族だ」

「なんと……!?」

どうやら、再びこの開拓地は賑やかなことになりそうである。

あとがき

初めまして。あるいはお久しぶりです。

あけちともあきと申します。

この度は『追放賢者ジーンの、知識チート開拓記』をお買い上げいただきありがとうございます。

当作品は、私の大好きな、知識の力で未知の脅威を既知に変え、制覇していく展開が山盛りです。

そう、知識チートは物知りであることだったのです……！

知識があれば何でもできる。そう、強大な神様だってやっつけられるんです。ね、簡単でしょう？

この物語が世に出るため、たくさんの方々の協力をいただきました。

作品を見出して下さった、ぶんか社のMさん。細やかに対応して下さった、編集のSさん。素敵な物語のビジュアルを生み出して下さった、巳也Urさん。そして、その他当作品に関わった全ての方々、ありがとうございます。

この場を借りまして、お礼を申し上げます。

執筆中、唯一の心残りは、喫茶店でカッコよく執筆できなかったことです。

全部家で終わらせてしまった……！

BKブックス

追放賢者ジーンの、知識チート開拓記

2019年8月20日　初版第一刷発行

著　者　あけちともあき

イラストレーター　巳也Ur《みやうる》

発行人　大島雄司

発行所　株式会社ぶんか社
〒102-8405　東京都千代田区一番町29-6
TEL 03-3222-5125（編集部）
TEL 03-3222-5115（出版営業部）
www.bunkasha.co.jp

装　丁　AFTERGLOW

編　集　株式会社 パルプライド

印刷所　大日本印刷株式会社

ISBN978-4-8211-4528-7